だいわ文庫

ひとり上手

岸本葉子

大和書房

はじめに
「ひとり上手」になれば人生はもっと豊かになる

「ひとりでいると落ち着かない」という声を多く聞く。

ひとり暮らし歴の長い私も、そういうことはしょっちゅうだ。特に場所によって、ひとりだと行きづらい場所、行きづらいから行かない場所がある。

食事はなるべく家でとるようにしているけれど、時には「今日は夕飯を外で済ませたいな」と思うことも。そういうとき行ける場所はすごく限られる。

私はお酒を飲まないので、居酒屋のカウンターに座って、ビールと何か夕飯の主菜のようなものをつまむわけにはいかない。イタリアンは昼ならまだしも、夜にひとりでは入りにくい。

そう思うと、疲れていてもお腹が空いていてもがまんして、頑張ってうちで作るか、チェーン店のごはん処に入ってしまうかになる。

この「ひとりでいると落ち着かない」心理を、もう少し掘り下げてみると……間《ま》が持たない……その奥には、人からどう見られているかを気にするせいもあるのでは。それで私は一計を案じた。間を持たせるための「小道具」を用意するのだ。

スマホはその最たるものだろう。食事の出てくるのを待つ間、ひとりの人はほとんどがスマホに目を落としている。

でもできればスマホより文庫本のほうがいい。中高年の女性がひとりスマホをずっといじっている図柄って、なんかわびしい気がしてしまう。それよりも、文庫本をかたわらに置いていると、自分の世界がある人、自分の時間を豊かにしている人なのかなと見えるかと。夕飯がひとりでも「さびしいヤツじゃない、満ち足りている人」というのを演出するわけである。

言ってしまえば飾りとしての文庫本。たとえ読んでいなくても、文庫本がテーブルの上にあるだけで様《さま》になる。スマホだといかにも、間を持て余しているふうになってしまう。

「小道具」としては手紙やはがきも有効だ。お礼状を出さないといけないとき、喫茶店などにいる間に書いてしまう。単なる演出だけでなく、しなければならないこともすみ、時間を無駄なく使える方法だ。

ひとりでいるときにすることを持っていくのはいいけれど、たまに編み物とか手芸をしている人がいて、そこまですると逆に目立ってしまいそう。

今、はからずも「逆に目立つ」と書いたように、小道具を用いたり演出をしたり四苦八苦《しくはっく》してきてわかったのは、人ってそれほど他の人のことを見てないのだ。ふつうにしていれば、異質だとか、めずらしいとかいうことはない。

ごはん処であれカフェであれ（特にセルフサービスの店では）、仕事帰りふうの女性で、パスタやカレーや定食を夕食にしている人がとても多い。

ひとりは今、例外的な存在ではまったくない。いっしょに食べる相手やお茶を飲む相手がいないから仕方なしに、ではなく、相手はいるがもしかしたらひとりでほっとしたくて、というケースもあろう。

そう思うと、気づくのだ。ひとりはカッコ悪いという先入観が、自分の中にあったことに。先入観で自分をきゅうくつにしていたことに。

もちろん、落ち着かないと感じたところへ無理して行くことはない。

ただ、ある場所に行き、そこでたまたま居心地の悪い思いをしたとしても、イコール「ひとりって、だから惨《みじ》め」「やっぱりカッコ悪い」などと考えなくていい。むしろほっとしたり、せいせいしたりしたときのことを思い出すようにしたい。

ひとりでいると落ち着かないという感じ方の中には、「家族といっしょなのがほんとうなのに」、あるいは「ほんとうは二人で来るはずだったのに」という〝なのに〟という気持ちが、どこかにあるのではないだろうか。

パートナーがいなくなるのは、ずっとひとりできた人よりも、もっとひとりがこたえるだろうけど、「ほんとうは○○○○なのに……」というところから少しずつでも自由になりたいものだ。

習慣や既存の価値感の縛りを、あえてひとりでお店に行ってみることでしだいに外し、そんなふうに少しずつ、意識改革のステップを踏んでいく。

新型コロナウイルスの感染拡大中は、外出を控える日々が続いた。ひとりが苦にならないつもりでいた私も、人と「会わない」のと「会えない」のはまるで違うと感じた。

心がけたのは、テレビは時間を決めて視聴し、気が滅入《めい》る情報にえんえんと自分をさらし続けないこと。そして、まめに掃除し、家を気持ちのいい空間にすることなど。

生活時間のメリハリのつけ方や、集中できる何かを持とうとする試みは、「ひとり上手」の練習のたまものかと思う。「ひとり上手」になって、自分の時間を楽しむためのヒントを、この本で届けられることを願っています。

岸本葉子

二〇二一年一一月

ひとり上手　目次

第4章　人生を楽しむ人は「熱中上手」

第7章　これからが人生を愉しむ時間《とき》

終章　安全・安心な暮らしは自分で作ろう

第 1 章

凛として
「ひとり上手」

ひとりの佇まいが素敵な人

お店に入って、「何名様ですか？」とまず聞かれる。

30歳そこそこの頃の私は、あの瞬間がとてもきまり悪かった。

「ひとりです」と口に出して答えることに気後れがあり、無言で人さし指を立てる。それを受けてお店の人が「一名様、ご来店です！」と威勢《いせい》よく復唱するのを、「な、何もそんな、お店じゅうにひびき渡るような声で言わなくても……」と押しとどめたい思いがした。

お店の人も瞬間「夕飯をひとりか」みたいな目で見ているように思っていたのだから、ほんと自意識過剰だった。お店の人は忙しい。そんなことをいちいち考えるヒマはない。

この頃では、「何名様ですか？」と聞かれて「ひとりです」と臆《おく》せず答え

ることに、逆に優越感を持つことすらある。店内に、家族なり友だち同士なりカップルなりで来ている人が多いと。

自分はこういう状況でも堂々としていられる独り立ちした大人です、のような気持ち。それはそれで自意識過剰ではあるけれど。

伝えたいのは、ひとりだから惨めとか、ひとりだから恥ずかしい、というものではないこと。ひとりのときどういうふうにふるまうかで、惨めっぽくもカッコ悪くもなってしまうのだ。

スマホ……を敵視するわけではなく、自宅パソコンへのメールの多い私にはむしろ強い味方で、お店でメール処理もよくするが、そればっかりにならないようには心がけている。ほどよきところで切り上げてバッグにしまう。

うつむいてスマホをいじりっぱなしだと、いかにも手持ち無沙汰のようになる。それしか時間の使い方を知らないように見えてしまう。

惨めっぽくなってしまうとしたら、ひとりであることそのものにではなく、そういう佇《たたず》まいのほうに原因があるのではないだろうか。

今は数としては、ひとり世帯はマジョリティ。ひとりでいることそのものを恥ずかしがる必要はまったくない。ひとりなのはよくあることとした上で、では、ひとりのときどのようにふるまうかで、カッコよくなるか、そうでないのかが分かれそう。

カッコよさを言うならば、三人なりもっと大人数なりでいて、カッコよくあるほうが、逆に難しそうである。

喫茶店でも食事の店でも、グループの客は賑やかになりがち。話に夢中で、ついつい声が大きくなったり、料理が出ているのに食べるほうが疎《おろそ》かになってしまい、店の人が少しいらいらしていたり。

おしゃべりにのめり込むと、知らずに足を組んだり、前屈みになったり、頬杖《ほおづえ》をついてしまったりしがちだ。私もグループでいて気がつくと、ふだんの自分よりずいぶん声を張っていたり、オーバーアクションになっていたりする。

私たちの年齢だと、子どものいる人は子育てとか、親の介護、病気など何

らかの事情で思うように外出できない時期を経ているから、友達と会えるというだけで興奮してしまう。自分もそうだからよくわかるのだが。

複数がカッコ悪くて、ひとりがカッコいいとは言わないが、カッコよくあることへのハードルが、複数のほうが高い気がする。そこから逆に言えるのは、ひとりはむしろカッコつけやすい。少なくとも、迷惑にはなりにくい。

何かの記事でも読んだ。女性のおひとりさまはすごくいいお客さんだと。うるさくない。長時間ねばらない。店員に対して威張らない。

私も卑屈になるわけではないが、概して低姿勢だし、お酒を飲まないせいもあって食べるものを食べたら、さっと帰る。滞在時間の短い客は、お店にとっては席の回転率を上げる客だろう。

でも、ひとりだからと当然のようにカウンター席へ案内されるのには、正直言って抵抗感をおぼえる。荷物の多いときや、くつろぎたいときは、

「あちらの席でもいいですか？」

と自分から言うこともある。が、それも二人掛けの席まで。そして比較的

空いている時間帯のこと。

混んでいるとき、四人掛けの席がたまたま空いていて、ひとりだって客なのだからどの席にも座る権利がある、と言わんばかりにひとりで四人掛けの席を占め、入口に人が待っていても平気、というのは、「ひとりでも臆さない」こととは違う気がする。それはそれでカッコ悪い。

「ひとりだって」「ひとりでも」と意地にならずに、ごく自然に、どうぞとか、お互いさまとか、お店の人や他のお客さんに迷惑をかけないとか、そういった気持ちでいるほうが、ひとりでも素敵な人への道は近そう。

背筋は伸ばすが、肩肘張らない。そういう佇まいをめざしている。

身近な場面で小さな選択を積み重ねよう

連れだって行動すると、話に夢中でつい声が大きくなっている。道を歩きながらしゃべって他の人の進路を阻《はば》んでいる。知らないうちにじゃまになっている。そうしたことは集団を離れ、集団を外から見るほうが気づきやすい。

家族のいる人、友だちの多い人も、ときにはあえてひとりで外出するのが、自分の姿を点検するのに有効である。

仕方なくひとりではなく、共に過ごす相手に事欠かない人でも、あえてひとりの時間を持ってみる。その経験を積み重ねることで、ひとりでも佇まいの素敵な人になる上に、集団でいても素敵な人になれると思う。

ひとりだと小さいことでもいろいろ鍛えられるのだ。たとえば決断力。

メニューがドリンクだけのような選択肢の少ない喫茶店でも、何らかのものを決めて言わなければならない。

コーヒーに砂糖ではなく、もっと甘いものが欲しい。友だちと一緒だと「ケーキはないんだ」「ココアなら甘いんじゃない?」「じゃあ私も」となったり、「カフェオレもよさそう。うーん、迷う」となったりするが、ひとりだとそれではすまない。

誰かが何かを言ってくれて「じゃあ、私もそれで」はないのだ。

ささいなことではあるけれど、必ずや決断を伴うし、決断には責任を持たねばならない。ココアが期待の味ではなく、失敗だったと思っても、自分で飲むのみ(残すという選択もあるが)。

決めた後の頼み方も鍛えられる。スマホを片手でいじり続けたまま、「これを……」と、もう片方の手でメニューを指差す、だけでいいのか?

ひとりだと照れ隠しもあって、そうなりやすいのは、気持ちとしてはわかる。が、そこはやはり、スマホから目を上げ、相手を見て「これをくださ い」とか「これをお願いします」とかと語尾まで言い切るようにしたい。

この先、年をとるにつれ、人の助けを借りることがどんどん多くなっていく。ひとりであればなおさらだ。そのとき、ちゃんと伝えられ、コミュニケーションをとれることはだいじである。

介護を受けるといった大きな場面に限らない。ちょっとした不調でクリニックにかかり、「せっかく行ったのに、風邪は保温と休養がいちばんですとか言われて、たいしたお薬ももらえなかったわ」といったことは、誰にでもあるだろう。

「症状はこれこれですが、喉の痛みがいちばんつらいです。これだけは早めになんとかしたくて、お薬をいただけないでしょうか」

そのとき相手を正面から見て言えば、切実さがよりよく伝わるだろう。そのほうが必要な助けを得やすい気がするのだ。

カフェオレかココアかなんて、どっちに転んでもたいした支障はないが、ひとつに決めて意思表示をきちんとできるようにするのは、こんな身近な場面での訓練からだ。

大きな出来事の前では動揺するのは当たり前。落ち着いて判断し意思表示するには、まずは小さな場面からである。

ひとり暮らしはとっくに多数派です

さまざまな商品に単身者向けが出てきているものの、ひとり向けよりはファミリー向けがまだまだ多い気がする。自分がひとりのせいだろうか、家族を単位とする発想は根強いと感じてしまうのだ。

「標準世帯」という言葉がある。夫婦に子ども二人の世帯。詳しく言えば有業者の夫と専業主婦の妻と子ども二人、総務省が統計に用いたことから広まった。一九七〇年頃から日本の典型的な家族像とされ、二〇一〇年に単身者世帯が全世帯における割合のトップになるまで、その時代が長く続いた。

30歳になる頃から老後が気になりはじめた私は、ひとりの老後にいくらかかるかをつかもうとしたが、一九九〇年代のことだから、ひとりを前提とした数字がなかなかみつからなかった。

生命保険の資料を見ても、老後に標準的な暮らしをするにはいくらくらい必要、ゆとりある暮らしをするにはいくらくらい備えておいたほうがいいというのは、必ず夫婦二人向け。

では、それを二で割ればすむかというと、必ずしもそうではない。たとえば二人の住まいの家賃を二で割ったら、ひとり分になるのか。水道代は二で割りたくても基本料金が決まっているとか。

「家族がいるのを前提とされても、参考にならない！」と憤《いきどお》っていた。

その頃、デパートのクレジットカードを作ろうとしたが、家族欄というのがあってそこでいつも詰まっていた。家族欄が空欄、フリーランスで勤め先が空欄の私には、審査の壁は高かった。学生さんでも作れます、がうたい文句のカードだったが、自分で収入を得ていて支払い能力はある私のほうが作りにくかったのだ。

ちょっとした日用品にも、標準世帯の反映を感じた。歯ブラシとか歯みがきコップにも「パパ、ママ、ぼく、私」を象徴する色分けがあり、仕事のスケジュール管理のためホワイトボードを買おうとしても、マグネットに「パパ、ママ、ぼく、私」の顔がついていたり、「お金の管理をしよう」と張り切って家計簿を買うと、付録のシールがやっぱり「パパ、ママ、ぼく、私」。一回一回やる気を削《そ》がれる。

「無印良品」が売れるのがわかるな、と思った。そういう色分けにげんなりしている人、「パパ、ママ、ぼく、私、はもういい」という人も、無印良品のファンには少なからずいそうな気がする。

実際には先述のとおり、いまや単身世帯がいちばん多いのだ。中でも高齢者の単身世帯が増えている。

サービスの仕組みや商品などの設計がそれに追いついていないので、ひとりが何か例外的な少数派のように思えてしまうのだ。実際には多数派なのに。

旅行業界では、おひとり様向けツアーやひとりでも泊まれる旅館など、いろいろ出てきてありがたい。というか、そういう客を拾っていかないと立ちゆかないことに、気づいたところから変わってきているのだろう。

いまでは、ごくふつうの生き方

数としては多数派だが、マスメディアでこのテーマがよく取り上げられるのは、ひとりはまだ新しい生き方だからなのだろうか。

でも昔も、ひとりで暮らし、ひとりで年をとっていく人は必ずいたはずだ。ずっと独身の人もいただろうし、夫に先立たれる人も少なくなかったはず。

言葉の問題かもしれない。いわゆる適齢期に結婚しなかった人は「行き遅れ」「オールドミス」（！）と言われ、夫と死別した人は「後家」「未亡人」（！）と言われた。今となっては「！」マークを付けたくなるひどい言葉ばかりだが、そのように呼ばれ、ふつうにひとりをイメージする言葉はあっただろうかと首を傾げる。

人に言うと、大昔の話みたいで驚かれるのだが、私が就職活動をした一九八四年には、女子は親元通勤が原則というのがまかり通っていた。学校に来る求人票にも、たいていはそう書いてあった。

その原則どおりにいくと、学校も親元から通っていた女子は、就職しても家を離れず、そして当時は長くても五年くらい勤めたら結婚退社し家庭に入るというのが一般的。そうすると、ひとり暮らしをする期間がない。

それである程度の年齢にきて、子どもが独立し、夫に死なれていきなりひとりとなると、たしかにそれは未知の局面であり、とまどうだろう。

私の同世代で、会社勤めでひとり暮らしの女性はもちろんいるが、その人も就職活動の際には、「親元ではないけれど伯母の家に住んでいる」ことを強く言ったという。私も、親元通勤を原則とする会社に、そこをなんとかという感じでもぐり込んだから、その意味では例外的。会社の制度としても、男子には家賃補助があるが女子にはなく、男子には寮があるけど女子にはない。親元通勤でない女子は想定外だったのだ。

就職も、デパートのカードを作るのも、マンションのローンを組むのも、ひとり暮らしの女子は難しいとは言われながら、なんだかんだと多くを説明し、補足材料の資料も付け加えるなどして、なんとか突破してきた。

自分より下の世代では、それほど新しい生き方ではないと思うが、同世代か上の世代だと、ロールモデルは少なかった。

男女雇用機会均等法（一九八六年施行）の前と後という違いはあるかもしれない。男女雇用機会均等法に対しては、懐疑的な声もまま聞く。均等をうたっても、女性の役員は少ないとか。たとえ建前であっても、とにかく法律でうたうというのは、やはり大きいと思う。

お連れ合いに先立たれた吉沢久子さんは、昔でいえば「未亡人」というカテゴリーになるのだろう。ひとりになりたてのときは、そうしたレッテルを貼られることもあったかもしれないが、レッテルを忘れるというか、自然体の生き方で、レッテルもおのずと消えてしまったような。ひとり暮らしを楽しんで潑剌《はつらつ》としている姿を見れば、「未亡人」という言葉を、誰も思い出さないだろう。

料理のこともあれだけ書いていらっしゃる吉沢さんだが、ご著書によると、お連れ合いを亡くした当初は、料理をする意欲が落ちたという。が、ひとりだからこそ食べたいときに食べたいものを作っていいんだと気づいてから、積極的になれたそうである。

そうした気持ちの切り替えが、途中からひとりになった人には特にだいじそうだ。ひとりになったのは、義務からの解放でもあることに気づかれたという。

出張に行って悪天候で帰れなくなったとき、長年の習性で「ご飯の支度が」と焦《あせ》り、でも考えてみたら、今の自分は帰ってご飯の支度をしなくたって別に誰も困らない、誰にも迷惑をかけない。すると心がすーっと軽くなったそうだ。

しばらくは出来合いのものを買って適当に済ませることもしたけれど、そのうち、やっぱり自分で作ったものが食べたくなる。

機が熟するというか、ひとりを違うふうにとらえられるときが、おのずと訪れるのかもしれない。

先に書いたようにこの私も、店に入るとき「何名様ですか」と聞かれて、いちいち「うっ……」と詰まっていた時期があったのが、今では信じられない。なんであんなに、あの質問にひるんでいたのか。

「何名様ですか」は何も生き方を問うているわけではないのだ、単に席の数を聞いているだけなのだ。

今ではまったく臆せず、むしろ誇らしげに答えるときもあることは、先述のとおりである。


（吉沢久子さんは二〇一九年三月、旅立たれた。享年一〇一）

美容院にひとりで行けるなら大丈夫

ひとりの状況が不得手な人は、「そうは言っても、誰もが同じようにはできない」と思うかもしれない。

が、思い出してみてほしい。美容院は友だちと行くだろうか。

美容院でオーダーするときは、喫茶店でカフェオレかココアか迷うときのように、「パーマかける？」「じゃあ私も」と人が言ってくれるのを待って追《つい》随《ずい》するかたちではしていないだろう。

美容院では、すでにしていること。美容院に行っている人なら、誰もができるのだ。

美容院でのオーダーはとても複雑。カットひとつでも、後ろは短くしたいけど横はあんまり切らないでとか、前髪を下ろすことは下ろすけど、まっすぐではなく斜めに流すようにしたいとか。カラーリングもブラウンはブラウンでも、赤茶色っぽくならないカーキ寄りのブラウンとか。

そうしたことをひとつひとつ決めて、相手に伝え、思うことを実現していくのは、すごいことだ。カフェオレかココアとは訳が違う。

待ち時間の長さも、喫茶店やごはん処の比ではない。コミュニケーション術も要る。美容師さんのおしゃべりにほどほどに対応しつつ、疲れたらさりげなく断ち切る工夫とか。

それができているなら大丈夫。

ハードルを上げてしまっているのは、「美容院はもともとひとりで行くところ。ここは誰かと来るべきところ、ひとりだとカッコつかないところ」、そんなふうに分けている自分の中の線引きなのだ。

第 2 章

誰だって「ひとり上手」になれる

小さなコミュニケーションを大切にしたい

ひとり暮らしは、アパートなりマンションなりの一室に住み、ドアを閉めたら誰とも接しないで生きている……そんなカプセルの中に暮らしているようなイメージがあるかもしれない。

けれども、ひとりだからこそ協調性とコミュニケーション力が、とてもだいじになってくる。

今は、何でも人と接しないでできそうだけど、本当にそうだろうか。たしかにお店に行かなくてもネットで買える。では、ネットで買ったものが家まで届くのはなぜか。人が運んでくるからだ。

マンションによっては宅配ボックスがあり、接しなくてすむところもあろう。が、宅配ボックスが満杯のこともある。故障することだってある。そのときは宅配業者、管理会社、管理会社から派遣された修理会社の人と、けっこう複雑なやりとりをしないといけなくなる。

生きている限りごみは出る。ときには粗大ごみも出る。電話で収集を申し込み、収集してもらえる場所まで運んでいかなければならない。誰かの助けが必要なときもある。

そんなとき、マンションの清掃員の人とふだんコミュニケーションをとっていると、世間話かたがた相談できる。

「実は、今度ソファを処分することになってしまって、粗大ごみに出すんですけど……」

粗大ごみを出す手伝いなんて、清掃員の本来の業務ではないけれど、お願いできるかもしれない、いや、お願いをしてみる。

むろん、そういう図々しいことを持ち出すには、常日頃から清掃員に少なくともあいさつはしている仲でないと。

ごみ出しのルールも守らないといけない。ルール違反のため収集車が置いていったごみを、清掃員は分別し直すのも仕事だから、誰が非協力的かはわかっている。うわべだけ感じよくしても、お見通し。

ずいぶん前、住んでいる自治体の協議会のようなものに出たとき、単身者用マンションはごみ出しとか駐輪の仕方とかルールを守らない人が多くて困りもの、という話を聞き、単身者のひとりとして耳が痛かった。それでは地域に受け入れてもらいにくい。

ルールを守りましょうなんて、ひとり上手とは関係ない話のようだが、ひとりで暮らすことのだいじな要素だと私は思う。

サービスを買う、という発想がある。清掃員もさきに挙げた宅配業者も、サービスを買う関係にあるとは言える。

が、たとえば数日留守をしていて、その間何回も来たらしいことが、不在連絡票でわかったら、次に来たとき労《ねぎら》いの言葉をかける。不在だったのは落ち度ではないし、再配達はサービスの一部であり、受け取る側の権利だから当然、みたいに変に頑張らない。

すると、こちらが困ったときマニュアルにない対応をしてくれることがある。具体的に書いてしまうと業者に迷惑がかかるかもしれず、防犯上も好ましくないため、詳《つまび》らかにできないのが申し訳ないが。

近くのコンビニの店員も同様だ。宅配業者によってはコンビニでの受け取りも指定できるが、仕事帰りに立ち寄って身分証類を持っていないとき、ふだんから世間話のひとつやふたつする関係だと、「あ、お顔、わかってますから大丈夫です」。これはうちの近くのコンビニが潰れてしまったので、迷惑をかけるのをおそれず書ける。

「自分ひとりで何とかしよう」と思いすぎない

深いつき合いはなくても、何かのときちょっと助けてもらえる人がいるだけで、気持ちは相当楽である。災害時にはひとりでどうにもならないことを思えば、なおさらだ。

気をつけたいのが、自分の段取りする力を過信してしまうこと。

知人のマンションに、近所づき合いをまったくしない男性がいるという。妻が要介護状態で、集合玄関に車椅子で入ってくると、住人はつい、ドアを開けておいてあげたり、いっしょに押すのを申し出たりするが、夫は断る。

自分は全部できる、設備を整え、ケアする人のローテーションも組み、態勢はちゃんと固めてあるので、手助けは要らない、マンションの防災訓練とかにも声をかけなくていい、くらいのことをはっきりと言うらしい。

危なっかしいと思った。妻の身になれば不安だろうとも。

態勢をどんなに固めても、思いがけないことが次々起きるのが介護。夫本人の具合が悪くなることだってあり得る。

段取り力を過信して、他人との交わりを断ち、ひとりで抱え込んで大丈夫か？　いざできなくなったとき、パニックにならないか？

できないことも前提としないといけない。今はできても、できなくなるときもきっとある。その前提の上に立ち、できることをしていけば、ひとりでそう追い詰められる感じにはならないのでは。

私もどちらかというと、ひとりで何とかしようとするタイプである。つまらない例だが、家電製品を買って使い方がわからなくても、人に聞かずに、付属の分厚い説明書と格闘する。

が、何が何でも自分ひとりで解決しようと頑張ることはないのでは。家電はそれで済むかもしれなくても、済まない場面が出てこよう。

知人の話の男性よりは若い私だけれど、それでもすでに50代後半。今より丈夫になっていくとか、今より力持ちになっていくことはあり得ない。いろんな面で、少しずつできなくなっていくのだから。

今の自分がずっと続くと考えない。そしてそうなっていくときに、頼りになるのは遠くの親戚より近くの他人なのである。

私には兄と姉がいて、仲が悪いようなことは全然ない。が、物理的な距離でいって「遠くの親戚」ならぬ遠くの身内。いざ何かあったとき、電車を乗り継いで一時間近くはかかってしまう。その「いざ」のとき電車に乗れる状況か、そもそも相手が家にいるかどうかもわからない。

そう思うと、とても頼りになる人が少数いるというのより、頼りになりそう、うくらいの人が近くにたくさんいるほうがいい。

雑談力とあいさつ力

人との間にゆるいつながりを育むのが、雑談だ。雑談力も、ひとり上手の基盤となる。

マンションに住んでいると、室内設備の点検がしばしばある。何日に、何号室から何号室までは午前、何号室からは午後といったふうにあらかじめ通知が来て、指定の時間帯に在宅するよう求められ、一斉に行われる。

ひとりだと、これがけっこう困る。決められた日時に都合が悪くても、家族の誰かに「ちょっといて頂戴」と頼むわけにいかない。

今回の点検は悪いけどパスするかな、と思っていたところへ、隣の人がやって来た。お知らせの紙が見当たらないのだが、あれば見せてほしいと。

ファクス電話にコピー機能があるので、コピーをとって渡したところ、相手が見ながら「よかった、連絡先もありますね。午後からちょっと出かけなきゃいけなくなってしまって、午前に変えてもらえないか、電話してみようと思って」。

ちょうどいい！　私は午後のほうが都合がいいのだ。

「でしたら、私と入れ替えませんか。管理会社も入れ替えられる人を探さなくてすむから、それだと、いいと言ってくれるかも」

「そうですね」

とんとん拍子に事が進んで、お互いに助かった。

これも雑談力のたまもの。コピーを渡しておしまいでもいいところを、相手がちらと洩《も》らしてくれたからこそだ。

雑談にはいろいろな面で助けられている。たとえば風邪をひいて、近所のお医者さんで薬をもらえるといいけれど、どこにかかろう？　というとき、そういえば春に、同じマンションの人が、どこそこがいいと言ってたな。

日頃から、ごみ出しのときにマスクをしている人に会い「花粉、飛んでますよね」などと天気の話題の一バージョンとして言うと、「花粉症じゃなくて、風邪、風邪」と相手。その流れで「ちょっとした風邪くらいだったら、うちは、どこそこのクリニックに行っている」といった情報が、自然と入ってくるのである。

天気の話、と今述べたが、それはあいさつの古典的なバージョンだ。

子どもの頃は親と近所の人たちが、今日は暑いだの寒いだの、よく晴れたのよく降るのと顔を合わせるたびに言っていて、「言わなくてもわかることを、わざわざ毎回毎回なんで?」と思っていた。

その意味が、ひとりになってよくわかる。ことに年をとってきてからは。

あいさつをすることは、「コミュニケーションをとる態勢にありますよ」と示すことなのだ。

「私はここにいます」というお知らせにもなる。いざというとき助け合う関係、体力的にみて助けてもらう可能性が大きい身にとって、ここにいることを知っておいてもらうことは、とてもだいじだ。

逆にあいさつをしないのは、意外なほど人に良くない印象を残すのだ。近所の人と話していると気づく。新しく引っ越してきた人について、「あ、あの人は、すれ違ってもあいさつしない人だから」とちらりと言う。「そういう人だから、こちらも、それなりの距離を置きましょう」というニュアンスを感じる。それだと、いざというとき助けてもらえない……ことはないかもしれないが、優先度は下がるだろう。いざ、といっても地震とか火事とかいった非常事態に限らない。日常の場面のちょっとした助けを受けることに、あいさつはつながる。

ごみ出しを再三例にするのは、きわめて日常的であり、同時に自分の中のちょっとずるい部分がもっとも出やすいことがらだからだ。

マンションの清掃員さんは、収集車がルール違反とみなして置いていった袋を開けて分別し直すのも仕事、と書いた。私も前は、出張で燃えないごみの日に出せないときなど、「ちょっとくらいいいだろう」と燃えるごみにひそかに交ぜてしまうことが、正直あった。が、清掃員さんが分別し直していると気づいてからは、こっそり交ぜずに、前もって分けて持っていき、「すみません、燃えないごみの日に出せないので、それまで置かせていただけないでしょうか」

とお願いすることにした。私のマンションでは、当日の朝出すのが原則なので、厳密にいえばそれもルール違反ではあるのだが。

そうした、いわば融通《ゆうずう》を利かせてもらうには、日頃は知らんぷりでいて、いきなりお願い、というわけにはいかない。ふだんから「お世話さまです」と声かけをしているとか、天気の話のひとつもできる間柄であってこそ。

あいさつをしない人は、それほどの強い信念を持って人を拒んでいるわけではないだろう。よく知らないし、立ち話になると面倒だからくらいのことかもしれない。

けれども、ひとことふたことですむあいさつ。しないのはもったいない。

人とのちょうどいい距離感を探そう

あいさつは、距離感をはかるツールでもある。

近所の人はもちろん、それ以外の知人や、知り合ったばかりでこれからつき合いが続いていくか、友達になれそうな人かどうか、推し測るといった場面でも。

あいさつをきっかけに、前のめりの勢いでこちらのことをいろいろ質問してくる人はちょっと要注意かなと、立ち話にならないよう、足を止めずに言葉を交わす程度にとどめておく。

こちらから聞かなくても、自分の家のことをちらっと話す。そうした人は安心する。人に少し踏み込むには、自分の内側をまずみせる、そういうルールをわかっている人だと思うので。

そこで、延々と自分のことを話しはじめる人は、それはそれで重そうで、私は退《ひ》いてしまう。あくまでも一歩ずつ、「この人は、ここまではいいのかな」と探りつつ間合いを詰めていける人がいい。

はじめっから「うちの中のことはいっさい話しません」というポリシーの人もいる。それはそれで尊重するし、そういう人にはたぶんいろいろ話すと「はしたない人」と思われそうなので、私も通りいっぺんのあいさつだけをするようにする。

私の性質からすると、少し自己開示し合える人がつき合いやすい。

「この前、うちのおばあちゃんに声をかけてくださってありがとうございます」と言われ、次に会ったとき「おばあちゃん、お元気ですか?」「実は施設に入ったんですよ。昼間ひとりにしておくのが危なっかしくなったとき、たまたまいい施設がみつかって」くらいの会話ができると、自分の親のことが気になったら「施設、どうやってお探しになったんですか」と聞ける。

プライバシーにかかわるので「お元気ですか?」さえも聞くのが遠慮され

捨てといてください」とは言えない。判断をさせることになるからだ。捨ててはいけない郵便物が混じっていたとき、トラブルになる。

まとめて入れておいてもらうよう紙袋を渡して「これに入れておいていただければ、帰ってから私が処分します」なら言えそう。

SOSを出すとき、それが相手にとってどんな頼みかを想像してみることが必要だ。

身近な頼み事ほどそうだ。ペットでなく鉢植えだからとか、手紙でなくDMだからとか、こちらにとっては気軽でも、相手には重いことがある。

SOSを出す前の努力も少し必要だ。郵便なら局に届け出れば、留め置きできる。

知り合いでひとり暮らしの女性は、旅行の間に鉢植えの植物を枯らさないよう、ホームセンターで水遣りの道具を買ってきたと言っていた。鉢の土に差しておくと少しずつ水の出るものがあるそうだ。

そういうものがあるともともと知っていたわけではなく、ネットで調べて

「ひとり暮らしで家を空けます。鉢はみなさんどうしていますか？」といった項目に行き当たり、知ったという。解決策を探る努力をしたのである。逆にそうした手間を経ずに、人に頼みにいって、

「あら、水遣りの道具なんて、ホームセンターにいくらでも売っているわよ」

と言われたら極《き》まりが悪い。

自分でとった解決策が万全ではないかもしれない。さきの旅行をした知り合いも、鉢のひとつは枯れていたが、「しょうがないね」と笑っていた。あるところからは、「ひとり暮らしを自分がしているんだから、これはもうしょうがない」と割り切る。

そうした気構えをどこかに持っておきつつ、負担にならない頼り方をしていきたい。

第 3 章

本当は贅沢な「ひとりごはん」

「ひとり初心者」に入りやすいお店とは

食事は、ひとりの楽しさをおおいに感じる場面である。

自分の食べたいものを食べたいときに食べられる。家族のために何時までに何々を準備しなければ、とか、夫はこれが好きで、子どもはこれが好きで、その二つを組み合わせると自分の好みは後回し、ということがなくてすむ。ひとりの醍醐味《だいごみ》ともいえる。

だが、ひとりの食事というと、わびしいというイメージがつきまとう。20代からひとり暮らしだった私は、会社で、主に中高年の男性からどれだけ言われたかわからない。「ひとりで食事って、寂しくないの?」と。

周りの女子はさきに述べたように「親元通勤に限る」時代だったから、食事はほとんど家で、もし外でするとしても友だちといっしょ、ひとりでは喫茶店も入ったことがないと話す人が多かった。

ひとりで外で食べるとき、最初はセルフサービスのお店から入ることをおすすめしたい。周りも多くがひとり客。自分以外家族連れとかカップルとかで気後れする、ということがない。少数派にならない店に、まず入ろう。

セルフサービスのお店でも、牛丼とか天丼とかのお店にいきなりはつらいと思うので、カフェから。特にパン屋に併設されているカフェは、若い人より中高年の女性が買い物ついでに入っていることが、むしろ多い。ひとり初心者の人には穴場である。

パン屋併設のカフェのいいのは、飲み物のメニューもそんなに複雑でないところ。ホットコーヒーとか紅茶とか。フードメニューも、メニューを解読しなくても、売り場のパンを自分でトレーに載せていけばすむ。まごついて何にもありつけない、という悲劇はまずない、と言っていい。

パン屋併設でないカフェとしては、ドトール、ベローチェあたりが、年齢層が比較的高く、入りやすい印象だ。

ただしメニューの複雑さは、パン屋併設カフェよりも、それらのカフェは上になる。店ごとに異なるのも混乱させられる。

私は都心で、仕事の合間にたまに利用するが、自分の飲みたいものがこの店でなんと呼ばれているかわからず、メニューにもすぐに探しあてられず、そういうときはもうこちらから「こういうものがありますか？」と聞いてしまうこともある。

「あ、手のかかる客だなって、思われたな」と感じるとめげるが、そういうときはあえて弱みをみせるというか「慣れなくて、ご面倒かけます」と笑顔で軽く言ってしまう。

けっこう小心者なので、そうしないと、実は面倒がられているんだろうなとか、招かれざる客と思われているだろうなとかと、注文した後まで引きずって、お茶を楽しむどころでなくなる。先にさらりと謝るなり、自分でフォローをしておくほうが、気が楽だ。

「さらりと」がポイントで、あんまり長々言い訳しない。

「私ってふだんこういうところに来ないから、手がかかるでしょう?」「年とってくるとだめね。お若い方はこんなことないんでしょう?」のような、相手が返答に困るようなことをレジでえんえん言っていると、ほんとの迷惑になってしまう。

こういう言い訳は照れ隠しもあってか、つい過剰になることを、そうした店にいると感じる。言いたい気持ちはわかるのだが、聞いていて居たたまれないこともある。

「おばさんて手がかかるでしょ?」と言われても、相手はたとえそう思っていても、接客という立場上「そうです」とは言えないのだ。

あんまり卑下し過ぎるのも痛々しい。それくらいなら「ありがとう。助かりました」くらいのほうが、お互いすっきり終われる気がする。

セルフサービスの店よりも、もう少し落ち着きたいというときは、デパートの喫茶店もおすすめだ。デパートはもともと中高年が多いので、接客のほうも中高年に慣れている。一定の丁寧さは期待できる。

座って注文できるのも、安心だ。セルフサービスのお店だと、レジ前に立って注文するわけだが、まごついている間に後ろに列ができたりすると、それだけで小さなパニックになりがち。

その代わりというか、座って注文する店では、飲み物が運ばれてくるまで少し待つので間が持たないのが心配な人もいるだろう。どちらをとるかの話になる。

私の場合、ちょっと困るのは、セルフサービスの店では壁のメニューがけっこう見づらいのだ。レジカウンターにも置いてあるが、前の人の陰に隠れてしまうので、自分の順番が来るまで完全に決めておくことができない。それもレジで焦ってしまう原因のひとつ。

手元でじっくり見て、余裕をもって選べるのは、座って注文する店である。

ひとりスタバはカッコいい！

スターバックスコーヒー（以下スタバ）は、ドトール、ベローチェよりも難度が上がる。知り合いの女性には、

「メニューが複雑すぎて、私は最初の一年ずっと〝本日のコーヒー〟しか頼まなかった」

という人もいた。笑えない話だ。

たしかに種類が多いし、一つひとつの名前も長いし、カスタマイズの選択肢もやたらある。低脂肪乳または無脂肪に変更可能とか。

若い人は（これを言い出す時点で、すでに距離を置いている）、低脂肪乳でクリームとシロップは多めになど、「たった一杯の飲み物にどれだけ？」と思うくらい指定をしまくり、「使いこなしている感」をかもし出している。

が、さきの女性も「いた」と過去形で書いたのは、今は慣れて、居心地よくして過ごしているのである。

スタバは、ひとりで何かしている人がかなり多い。パソコンをしたり本を読んだり。お互いにじゃまし合わず、ひとりで過ごすスタイルがいちばん定着しているのは、セルフサービスのカフェの中で実はスタバがいちばんかもと思う。ドトール、ベローチェだと商談とか、面接らしきものをしている人がけっこういる。

スタバはインテリアもひとりで過ごしやすい雰囲気を作り出している。黒とグレーを基調に、木の椅子の他、ひとり用のソファもあって、座り心地がいいし、色的に落ち着くし、何かこう、かっこうがつく。

われながら「ちょっと様になっているかな」みたいな気分になれる。

ひとりの過ごし方の勉強にもなる。周りを見て、「なるほど、ひとりでいるときこうしていると、カッコ悪く見えないのだな」とか「間が持つのだな」とか。ケーススタディの宝庫である。

時間帯にもよるけれど、基本は、混んでいる割に静かである。それぞれに自分のことに没入しているからだろう。

そうした光景の中に、50代を過ぎたひとり客が違和感なくはまっていたら、なかなかカッコいい気がする。

自分の時間を見直すきっかけに

スタバでは、中高年が二人ないしグループでいるほうが、ひとり客より少数派だ。

この前、昼の十一時頃に入ったら、一組だけ50代と思われる女性の二人連れがいて、ずっとしゃべり続けており、ひとりの私よりその人たちのほうがむしろ浮いていた。

他に話し声がしないので、聞こうとせずとも耳に入ってくるのだが、またその内容が、セールで勢いで服を買ったけど似合わなかったとか、同じ服がもっと安く売っていて損したとか、おしゃれの話題でもグチに近いもので、グチを言いたい気持ちはわかるが、

「ああ、こういう話って、外でするとカッコ悪いのだな」

と感じた。

二人に失礼ではあるけれど、こういう話をして二人でいるより、ひとりで静かにお茶を飲んでいる自分のほうが、もしかしてカッコいいかもと思ってしまった。

ひとりでいるということへの抵抗感や、卑下する気持ちがなくなって、大げさな言い方をすると、自己評価が上がるというか。私、茶飲み友だちひとりもいない寂しい人間だなどと思わなくていいのだなと。

手持ち無沙汰な時間を、観察というのもこれまた失礼な言い方になるが、それに近いものにあてて、時間の使い方を見直すことができる。それもひとりならではだ。連れや仲間といるとどうしても、そのように周りを見ることができなくなる。

パン屋併設のカフェからはじまり、ドトールないしベローチェ、そしてスタバと、セルフサービスのカフェの中でも段階を踏んで、進化してきた。

メニューのいろいろな選択肢の中からひとりで決めること、誰にも頼らず

店員さんと意思疎通をすること、人前でものを食べることができるようにな
った。
デパートの喫茶店ならば、パンケーキのようなナイフとフォークを用いて
食べるものをあえて注文する。そこから、パスタランチはすぐだ。ひとりで
いきなり夕飯デビューしなくても、そうしたプロセスをたどれば、最初とは
ずいぶん違った自分になっていることに気づくだろう。
踏み出す勇気は、コーヒー一杯からである。
家だとたとえいい食器を持っていても、割ってしまうと怖いから、意外と
使わないものだが、ちょっと趣味のいいインテリアの珈琲店や喫茶店に行く
と、家ではだいじに飾っているまさにそのカップでコーヒーや紅茶が出てき
たり、クリスタルガラスに花をいっぱい生けてあったり、コーヒーを淹《い》れて
いるのも蝶ネクタイの人であったり。
そうなるとちょっとした非日常だ。

ちょっとだけ特別なお店を見つけよう

少し特別な店を持っていると、ひとりの時間が楽しくなる。外出の途中でたまたまあったから入って休むのではない、わざわざ出かけていく店だ。

家から近い某珈琲店は、そうした店のひとつである。コーヒーを飲みに、ひとりで行く。

「○○珈琲店」と漢字で書いた看板が出ており、クラシックな感じの好きな私は気になっていた。窓から見える椅子の色も落ち着いた感じ。

はじめはひとりではなかった。父を介護している頃、散歩に行ったときに父を連れて入ってみた。そうしたら想像していたとおり、クラシックな設《しつら》えだった。

テーブルは今多い無垢《むく》材ではなく、重厚な英国のアンティーク家具調の色。

壁は職人さんが漆喰《しっくい》を塗ったような白。私の憧れのカップがカウンター奥の壁面に並んでいて、それで淹れてくれるらしい。

コーヒーは香り高く、色は漆黒に近くて、一口飲んで「え、こんなに濃いの?」と思ったけど、後味はなぜかすっきりしており、濃いのに澄んでいる感じ。

父の介護が終わってからも、ときどきひとりで行くようになった。

そうした「特別」の店を見つけるのは、なかなかたいへんかもしれないが、はじめは日常の行動範囲の中で、看板とか、店先の鉢植えとか、窓の中のようすとか照明、あるいは出てくる人の雰囲気とかで、「もしかしたら自分の趣味に合うかも」というところに、なんとなく目星をつけていく。

私はインテリアに左右されるタイプ。

窓から見て、インテリアの趣味が合いそうだと入って、その上カップの趣味も合い、期待に満ち満ちたら、コーヒーはいまひとつ口に合わない、なんて残念なこともあるが、それはそれで心の中のリストに入れる。インテリアやカップに加え、さらにはコーヒーの味も好みに合うと、とても「特別」な店になる。

頻度でいえば、そうしょっちゅう行くわけではない。二カ月に一回行ければいいほうか。近くではあるが、駅から家への経路にはないのだ。が、そういう店が「ある」というだけで、ずいぶん違う。

歩く経路では、さきの店とは別に落ち着ける店がもうひとつあり、そこはよく、ひと息つきに寄る。他にスタバもあり、そこでは喫茶店にない豆乳の紅茶を注文するというように、それぞれに異なる利用の仕方をしている。

そうした店にひとりで行くのは、家族と住んでいて、自分の時間を持ちたい人には、ちょうどいいスイッチの切り替えになるだろう。私のようにふだんからひとりで行動していても、オン・オフができ、リフレッシュになる。

好きなものを好きなように食べる幸せ

喫茶より毎日のことになるのが、食事だ。

ひとりになりたての人は、はじめは、肩の荷が下りると同時に、気力が失《う》せるかもしれないけれど、一過性のことだと信じて、そういう時期も自分に許してもいいのではないか。

しだいに、なじんだ味のものが食べたくなるのと、後は健康への意識から、ルーズになっていた食生活が是正されてくるだろう。これからひとりで生きていくのだと思うと「ある程度バランスのいい食事をとらなければ」というふうに。

私はいちばん最初にひとり暮らしをはじめたとき、それは学生のときだが、食事作りにやる気が出た。これまでは家族といて、食事のことなんて親任せだったが、「これからは自分でしていかなければ」と。

家庭科の食品分類表を思い出して、赤の肉・魚類からひとつ、緑の野菜からひとつ、とか考え、惣菜屋さんから鶏の唐揚げを買ってきて、キャベツを刻んだ。ご飯も鍋で炊いていた。外で済ませるとしても生協食堂だから、比較的バランスのいい食事がとれていたはず。

問題は会社員になってからだ。慣れない通勤や労働時間の長さから、一時期全然作らなかった。

朝はファストフード店のモーニング。コーヒーと、パンにソーセージを挟んで、野菜はレタスが一枚入っているか入っていないかのようなもの。

お昼は会社の中で配達のお弁当をとり、夜は残業中に上司の買ってきたいなり寿司とかおにぎり。それでは野菜が不足するからと思い、野菜ジュースを自分で買ってきた。

そういう食生活をしばらくしたら、吹き出物がひどくなるし、満員電車で貧血に悩まされるしで、「これはもうどうにもならない、忙しくても作ろう」と自分でお弁当を持って行くようになった。

いっとき手を抜いても、そうした不調や肌トラブル、あるいは「ちょっと贅肉《ぜいにく》がついてきて、問題かも」などと体のほうから促され、戻していける。このへんは同じひとり暮らしでも、女性に利がありそうだ。

何もイチから作らなくていい。今は、その場で作って売っているお惣菜とか加工食品も多様なので、疲れた日は買って帰って、それにプラス何か、キュウリを刻んだりプチトマトを加える、ブロッコリーをゆでたりすれば、満点ではなくても、まあまあ及第点の食生活を保てるだろう。

「ひとりだから、おなかいっぱいになれば何でもいいわ」というときもあろうが、何でもいいからケーキにいくか、ご飯と納豆にいくか、このあたりは健康の分かれ道となりそうだ。

一食だって無駄にできない

ただ「ひとりだから、おなかいっぱいになれば何でもいいわ」は、あまりにもったいないと思う。ひとりだからこそ、思うぞんぶん食を楽しめるのに。

家族がいた人は、それまでいかに家族に合わせていたかを、ひとりになってみて感じるだろう。最初のうちは、自分の好みがよくわからないかもしれないが、だからといって、ずっと適当にすませていては、残念すぎる。

「自分が一生であと何回食事をするかと思ったら、もう一回だって無駄にできない」

とある人は言った。そういう欲は、ひとり上手の原動力となる。

かつて読んだ本で、食に関して印象的だったことがある。

70代だったかの女性が将来を案じて、早々と施設に入ることにした。さまざまな設備が揃っていて、もちろん食事も出る民間のホームである。

そういうところに入る人だからお金はまあまあるし、体もまだ元気だから、機会を得てパリを旅行した。

するとあるアパルトマンから、その人よりずっと高齢の女性が、両手に杖をつきつき階段を下りてきた。古いアパルトマンでエレベーターもないのだ。通訳さんを介して話をして、その女性が言うことには、これから市場へ買い物にいくところ。自分はホームに住んでいると話したらこう言われたそうだ。

「あなたは私よりそんなに若くて、自分の食の好みを手放すの?」

ホームに入った女性は、その言葉に喝《かつ》を入れられて、再び自分の家に戻ったという。私にはなかなか衝撃的な話だった。

今の私は面倒だな、外食で済ませたいなと思いながら、半ば健康のため、半ば惰性《だせい》で自分で作って食べている。が、作る機会がまったくなくなったらどうだろう。

今だって一泊二日の出張や旅行に出ると、二日目の終わり頃には家のものが食べたくなる。二日どころか一生続くとなったら……。

自分の味って、不出来でも美味しいのだ。

お味噌汁も日によってだしが効いていなかったり、具もありあわせのものを入れてしまって変だったり。塩分も気をつけるため味噌を思いきり少なくしか入れなかったりで、なんか薄くて、気の抜けたような味のときもある。

外で食べる味噌汁は、だしも濃いし、味噌の塩分もしっかり利いていて、一口目で満足感があるけれど、毎日だったらどうか？

自分の味は一口目、二口目、三口目まで食べても、なんか物足りないぐらいで、であるからこそ、毎日食べ続けられるのだ。

全部外食、全部加工食品でいくと、一回一回は満足感があったとしても、トータルでは必ずしも満たされない気がする。

「これ食べたい!」という欲が人を元気にさせる

メリハリとしての外食の利用の仕方はあるだろう。私もふだんはちょっと気の抜けたような味になじんでいて、ときおり猛烈《もうれつ》に食べたくなるものがある。そのひとつが中華の海鮮焼きそばだ。

家ではほとんどご飯なので、たまに麺類が食べたくなる。油も欲するのだと思う。家で揚げ物はせず、炒め物もめったにしないので、油不足になっているのかもしれない。揚げた麺でも、油いっぱいの中華鍋にぎゅーっと押しつけて焼いた麺でもいいので、食べたくなる。

肉は原則食べていないので海鮮だ。カニ、ホタテまで入っていなくていい、エビ、イカ、アサリで充分だが、この三つでもひとりで用意することはなかなかない。ふだんは魚ばかりである。

とろみのついたあんにも、ふだんの自分で作っているときは考えられない量の油も塩分も入っているのだろう。うまみも、ふだんの自分のだしよりは相当濃い。そうしたパンチの利いたものとしてのメリハリである。それで野菜はけっこう入っているので、一回の食事とするのにちょうどいい。欲はだいじだ。「あれを食べたい」と真剣に思うこと。

そうすると、ひとりであっても頑張ってけっこういい中華料理店に行く。テーブルに白いクロスがかかっていて、箸も象牙《ぞうげ》を模した白い箸で、温かい中国茶がポットで供されるような。

周りは家族連れが多く、個室では宴会が行われているようだが、あの思い続けた海鮮焼きそばがもうすぐ食べられるのだから、まったく臆さない。

一回食べると満足して、毎日食べたいものでもないから、「今日はかなり油をとったから、多めに歩こう。明日からはまたいつもの食事に戻ろう」といった気持ちになる。

生活の中のアクセントだ。

私の家は父より母が先に亡くなっている。父はいわゆる妻に先立たれた男性で、そういう人は健康をくずしやすいと言われる。自殺する例もニュースで聞く。

父がそこを乗り越えられた理由のひとつに、「食い意地の張っている」ことがあると、私は考えている。

父は母の生きている頃からデパ地下が好きで、ひとりで出かけた帰りにも寄って、羊羹《ようかん》とか瓶詰めなどを買ってきていた。母の亡くなった後も父の家に行くとそうしたものの新品があり、私は少し安心した。美味しいものを食べたい欲は、失われてはいないのだと。

私には直接言わなかったが、父も一時期、相当気持ちが落ち込んだようだ。後で聞いたことには、行きつけの理髪店で「私も家内を亡くしまして、ときには早く家内のいるところへ行きたいと思うこともあるんです」といった話をしていたそうだ。

そのとき、せっかく理髪店まで出てきたから、近くのデパートに寄って好物の饅頭《まんじゅう》を買って帰ろうと、そういうことがよかったのだと思う。

急にひとりになった人が、「めげていてはいけません。打ち込める趣味を持ちましょう」と言われても、趣味は突然には見つけられない。が、食べるのは毎日のことだから、そのときに「あれを食べよう」と思うのは、今日からでも取り入れられる、気持ちの支えだ。お菓子であれ、おかずであれ。

日常生活の小さな欲をだいじにできる人は、強いのだ。

はじめは買い物の分量もわからず、余らせることもあるだろう。家族といた頃の習慣で、肉も野菜も買いすぎて傷《いた》ませてしまい、そこでまためげる。が、そこで学んでいくことも多い。ホウレンソウ二把《わ》が三〇〇円で、一把が一八〇円でも、食べ切れなくてダメにするよりは一把を買ったほうがいいなとか。痛い経験から学んで新しい食生活を運営していく力がついてくる。

そうしたことが、ひとり上手の基盤を作っていくのである。

第 4 章

人生を楽しむ人は「熱中上手」

何かに熱中できる人は老いにも強い

趣味にはいろいろなものがある。人と楽しむものと家でひとりでするもの。出かけて行って人と楽しむ趣味でも、それ以外にひとりでしている時間は必ずやあるだろう。フラダンスを例にとっても、人といっしょに練習するには、ある程度動きをおぼえていかないと。

そう思うと、どんなものであれ趣味を持つのは、ひとりの時間を充実させることにつながる。

急にできたひとりの時間をつぶしようがない、ということが起きない。熱中できるものというのは強い。

私が病気をしたとき心のサポートにも力を入れている医師から聞いたのは、目標や熱中できるものがある人は、病気にも強いということ。病気に強いことは、老いにも強く、そしてひとりにも強いだろう。

熱中できるものがないと、ひとりの時間は不安を育ててしまいがちだ。私も病気をした後、完全に治ったわけではないが、治療している以外の時間がたくさんあったときがあった。

ヒマだと「また病気が勢いづいたらどうしよう」「治らないのでは」「遠からず死ぬのでは」と悪いほうにばかり考えてしまい、身が持たないと感じた。病気の後、私がしゃかりきになって仕事をしていたのは、ヒマな時間を作らないようにしていた面もある。

老いはある意味、病気よりも確実に死に近づくことだ。体の衰えを感じることも増えてくる。50代の私ですら、かつてと比べてたしかにそうだ。「動けなくなったらどうしよう」「あとどのくらい生きられるのか」といった不安は、放っておくとどんどんふくらんでいく。

熱中できることがあれば、病気であるとか、老いていくとか、そうした基本状況は変わらなくても、そのことにまつわる不安を育てている時間は減る。

不安への対処だけでなく、熱中することがあれば、そのことで体を動かし人とも接するので、全体的な活力が上がる。

私の病気はがんだったが、治療の後、さきのお医者さんから言われたのは、がんは別に安静にしていたら治るというものではないので、なるべくアクティブにしていたほうがいいと。

脳卒中を経験しながら仕事を続けている知人も、こう言っていた。

「再発をおそれて、いろいろなリスクを避けていたら、極端な話、ペットボトルの水を抱えて布団でじっとしているのがいい、ということになる。それだと絶対ノイローゼになると思った」

年をとることに対しても、座ってあれこれ考えているより、何かのために動き回っていたほうが精神的にいいし、ついでに足腰にもよさそう。仕事は望んだからといって必ずしも得られるわけではないが、趣味はいつでも始められる。心と体の活力を保つにはもってこい。

病気の後、がんのサポートグループに入っていたが、そこでも趣味に親しむ機会が設けられていた。ヨガ、アロマテラピー、フラダンス、なんと合唱まで。

ある女性はそこへ来るまでは、ひとりでいる時間がとにかく怖くて、毎朝出勤する夫を引き止めようとするほど、不安がとても深刻だった。けれど周囲のすすめでサポートグループに来て、別人になっていった。

本人も「ひとりにしないで！　とかいって夫にすがりついていたときは、こんなフラダンスの練習をするなんて、想像もできなかったわ」と笑っていた。仕事をしていた私はフラダンスまで参加することはなく、サポートグループそのものにもやがて足が遠のいていったが、彼女の姿に感じることは多かった。

病気に限らずさまざまな不安を、誰もが抱えている。家族の悩み、友達のあの人はあのときああ言ったけどほんとうはどう思っているんだろう？　とか、心配事の種は尽きない。

だいじな人生、そのことで時間を埋めてしまうのは、惜しすぎる。

ひとりでするか、みんなでするか

趣味を持つ人の話を聞いていると、「こういうこともみんなでやるのか！」と驚くことがある。たとえば書道の合宿。剣道の合宿ならわかるが、書道にもあるとは。

知り合いは先生について習っていて、その先生の指導を泊まり込みで集中的に受けるという。泊まり込みで何をするのだろうと思うが、朝は全員でのストレッチからはじまるそうだ。のびのびと筆を動かすには、体が固まっていてはだめだから。

書道を学ぶのにトレーニングウェアを持っていくとは、想像していなかった。そしてひたすら書道漬け。

ひとりでできそうな趣味でも、先生につくとか人と成果を分かち合うとかの機会があれば、それも利用していくとメリハリがつく。次の機会までに少しはうまくなりたいから、ひとりの時間もより充実させる動機付けになる。

私にとっては俳句がそうだ。俳句では句会というものがとても大事で、家で作った句を持ち寄って発表する。

匿名《とくめい》で提出し、筆跡から誰だかわかってしまわないよう、提出したのを分けて清書し、その中から各自が好きな句を選ぶ。選んだ結果を発表して、どこがいいと思ったかを評し合う。

作る時間はひとりでも、人がどう読んでくれるかとか、何人が選んでくれるかとかでわくわくする。選ばれればやはりうれしい。

俳句の趣味がいいのは、集まりはしても、ひとりの時間に踏み込まれないところ。吟行《ぎんこう》という遊び方があり、ひとことでいえばみんなで散策して作る。お寺でも公園でも商店街でもいいので、連れだって歩きながら題材を拾い、それで作った俳句で句会をする。

散策をともに楽しんでもいいし、人と話すのにちょっと疲れたなとか、ひとりで静かにこの場所の雰囲気にひたりたいなというときは、メモ帳を開けばいい。相手は「あ、今作りたいんだな」と理解し、気分を害することなく離れてくれる。

みんなと楽しみながらもひとりの時間を確保できるしくみが、できているのである。

私生活を話題にしないで知り合いになれる趣味は

ひとり上手をめざす人でも、ひとりでいたい気持ちと、人と交わりたい気持ちと、両方があるだろう。人と交わりたいけれど、あまり踏み込まれたら嫌だなという葛藤《かっとう》も。

俳句は特に、過度に踏み込まれないよう、うまくできていると思うけれど、俳句に限らず趣味はある程度、そうなのではないだろうか。

趣味という共通の話題があるので、私生活を話題にしなくてすむ。

友達同士、あるいは同級生の集まりでは、共通の話題がないと、「今何しているの?」からはじまり家族の状況などどうしてもプライベートに関わることになっていく。そこでお互いの違いが気になったり、遠慮が生まれたり、場合によってはやっかみなど複雑な感情がわいたりもするだろうが、趣味だとそうした個人的な背景に全然触れなくても、一泊二日でも充分楽しめる。

私も俳句の合宿に参加したことがあるが、一泊二日ずっといっしょに過ごしたのに、住まいがどこかはおろか本名すらも知らずに終わった。本名でなく俳号で呼び合うからだ。

それでいて他人行儀なわけではない。趣味では、ある程度自分をさらけ出す。得手不得手もある。そうした違いや、選ばれなかったときの落胆、選ばれてうれしいけど有頂天にならないよう抑えているといった喜怒哀楽も、全部わかってしまっている気安さがある。なのでプライバシーを知らなくても、とても親しい感じがするのだ。

意外と真面目、見かけによらずロマンチスト。人の意外な素顔が見られるのも面白い。そういう関係を大人になってからつくるのは、けっこう難しいものだ。利害関係や上下関係がどうしてもある。

社会に出てからだと、たとえば何かのチケットを融通《ゆうずう》してもらうにしても、学生のときのようなわけにはいかない。仕事上の知り合いだと別の機会にお返ししなければと、借りのあるような気持ちに、どうしてもなる。

趣味の友だちは学生時代の友達に近い。お互いの性格や癖までわかっているような。だからとても気は楽だ。

ある句会におじゃましたら、20代とおぼしき男性がひとりいた。周りは彼よりずっと年配。きゅうくつではないのかなと思った。若いから職場でも上の人に気をつかってばかりだろう。プライベートのときぐらい同世代同士、遠慮なく楽しみたいのではと。

けれども、見ていると彼は骨董《こっとう》も趣味のようで、句会に最近買ったというぐい呑みを持ってきて、周りの人と「あ、これは何焼きだね」とか評し合いながらお酒を飲んでいる。年長者の誰も「お前、給料が安いのに生意気だ」とか、「そんなことに詳しくなるヒマがあったら、もっと仕事に役立つ勉強をしろ」などと説教じみたことは言わない。同世代の友だちは、骨董や俳句なんて興味ないかもしれない。

彼にとってはそこが、好きなものの話をできる、気のおけない場なのだ。

「同じものが好き」という人間関係の安心感

ひと頃、私は、フィギュアスケートを見に行っていた。

過去形にしたのは、チケットがもう取れそうにないから。日本での国際大会が少ないこともある。二〇一四年から二〇一五年にかけてのシーズン末の国別対抗戦という試合に行ったのが、たぶん最後。ネットから申し込んだら取れたのだ。

そういう行動は私にしたらとてもめずらしい。人混みが苦手で、気になる映画があってもＤＶＤになるまで待つほう。歌手のコンサートなんてあり得ない、という感じだった。

ソチオリンピックから間もなく、男子の金、銀、4位、5位、女子の金、銅の選手の滑るショーが東京であるとわかり、生の迫力を見たいと思い、たまたまチケットが取れたのがはじまりだ。

「映画館すら行かないのに、勝手もわからず、よく行ったね」

と人からは言われるが、ひとりだとかえって行動しやすかった。

代々木体育館のトイレの少なさは驚くべきもので、休み時間には長蛇の列だが、そんなとき連れがいると、まさか連れを放っぽり出してトイレにも行けない。「トイレに行く？　どうする？」「この機会に行っておこうか」などと並ぶまでに出遅れるのは避けられないが、ひとりだと機を見て敏に動ける。

トイレの少なさとチケットの取りにくさが解消されたら、また行きたい。

初の体験で隣の席の人とどう接したらいいかわからなかったが、隣もひとり。相手もフィギュアを見るのが目的で来ているのだ。選手に注視し、隣のことなんて忘れる。

それでいて、口をきけば話は合うのだ。さっきの若者のぐい呑みではないが、マニアックすぎてよそで話したら退かれるだろうという話題も安心、大丈夫。何年のどこでの試合の何々選手のフリーが、とか。

ある試合では、隣の人と話したらたいへん熱心なファンで、外国で行われる試合もひとりで観戦に行くという。話し方は落ち着いていて、とてもそんな冒険をしそうなタイプでないのに、「フィンランディア杯の座席は……」などとふっと言う。

〝フィンランディア杯〟そのものが相当マニアック。シーズンの最初のほうで大きな国際大会がはじまる前に行われ、選手が試合勘を取り戻したり新しいプログラムを試したりするために参加することの多い試合で、日本ではテレビ中継もされないフィギュアファンのみ知る試合だ。それを見るためわざわざフィンランドまで、しかもひとりで行ったという。

思わず聞いた。

「お食事とかどうするんですか？　ひとりで、しかも外国で困りませんか」

「日本から同じくひとりで来ている人がけっこういるので、いっしょに店へ入って、自分は言葉はできないけど、みんなでメニューの解読を試み、指差して注文したり。ひとりぶんの量は多いけど、みんなで分け合ったりするので、そんなに不便じゃありません」

すごい！

その人たちとも別に前から知り合いというわけではなく、試合会場に行って、日本人だなとか、この人も連れはいないらしいなとわかって、「ホテルはどこですか？」くらいの会話からはじまるという。

試合やアイスショーに足を運ぶようになると、毎回会う人も出てくるので、時間があれば帰りにお茶をしたり、次は前もって「どこどこの試合行きます？　じゃあ何番目の柱のところで」と約束したり、お互いの持っていないグッズを交換したりもするらしい。

ファン同士の絆は強い!

私も似たような経験がある。アイスショーでは会場でプログラムが販売されるが、私は販売場所がわからなかったこともあり買わなかった。たまたまそばにいた人に、別のグッズの販売場所を聞かれ、それは私の通ってきたところにあったから、「あ、あっちの入口近くにありましたよ」と教えた。

その人がプログラムを持っているのが目にとまり、「あ、プログラムってそういうのなんですね」と言うと、「買えなかったんですか? じゃ差し上げます。私はもう見たので」と急に。

「い、いえ、いいです、いいです」と必死に辞退。あまりの親切に驚いた。そういった小さな助け合いの場面は、随所《ずいしょ》にあった。

同じものが好きという連帯感だろうか。プログラムの人は、家族はいるが、フィギュアの話ばかりすると嫌がられるので、ファン同士のほうが思いきり語り合えるのだという。

アイドルではないので、ファン同士の「私よりも誰さんのほうが選手と親しくなってずるい」「いっしょに写真まで撮って出過ぎている」などと対抗心のわくシチュエーションのないのが、いいのかもしれない。

アイスショーによってはそういうチャンスもあるのかもしれないが、ふつうに試合を観戦するぶんには、やっかみやいざこざの生まれることはないと思う（私が楽観的すぎるのか？）。

宝塚のファンの人も、ファン同士のつながりは強いと聞く。お弁当を楽屋に差し入れる係まで決まっていて、統制が取れていると。

とある歌手の人から聞いたのは……なにゆえ歌手の人と接点があったかといえば、その人はアイドルとしてデビューして以来の活動歴が長く、私はその人の芸能活動ではなく、社会活動のほうでごいっしょしたのだが……アイドルの頃以来の熱心なファンにちょっと困った事態の起きたことがあったという。

「これはもう逆にファン同士仲良くなって、そこで盛り上がってもらったほうがいいのでは」と一計を案じて、ファンミーティングを主催したそうだ。すると、そこでみんな、その歌手をいかに好きかを語り尽くせるので、歌手本人への過剰な思いがなくなって、ファン同士で結婚する例が何組も出たという。男女にファンのいる歌手なのだ。

同じものが好きで話が合うというのは、とても強い絆となるのである。そこにはひとりの孤独はない。

ジムはひとりで行くのにぴったりの場所

俳句、フィギュア観戦以外の趣味にはジムがある。これも誰かと待ち合わせてではなくひとりで行っている。

自分のペースで運動をできるのが何よりだ。

もともとの動機は、言うまでもなく運動不足の解消。ジムにはレッスンもいろいろあるが、レッスンの時間に合わせて行くのが私の生活リズムではできないと思ったし、無理してそうしたいとも思わなかった。行けばひとりで黙々とマシーンの上を歩いている。

それで何の居心地の悪さも感じない。私のような過ごし方の人はたくさんいる。ひとりで来て、ロッカールームでも誰ともあいさつせず着替えて、運動し、風呂に入って帰る。最初から最後まで、ひとことも口を利《き》かずに行動しても不自然ではない場所がジムである。

だが、だんだんレッスンにも出るようになった。毎回欠かさずではなく、たまにだが、踏み台を使った運動のクラスと、エアロビクスと筋トレを合わせたようなクラスと、二種類だ。

ひとりでマシーンでの運動は、マイペースでできるのはいいけれどマンネリになるのは否めない。していて飽きるし、筋肉は同じ刺激に慣れてしまうと聞くので、効果の点でもどうか？　脳活という点でも、ちょっと慣れないことをするほうが効果的なのでは？

ジムでは館内放送で「間もなく何々というレッスンがあります」というアナウンスをしょっちゅうしている。行ったときちょうどアナウンスされていて、間に合いそうなら受付で「それ、何ですか？」と聞いて、興味をおぼえたら参加してみる。

参加してみて、また来てみたいものとそうでないものとは、もちろんある。さきの二つは前者だったので、時間が合えば出るようになった。

新しいレッスンに出ると、「あ、こんな動きも鍛えることになるのか」とヒントを得て暮らしの中で取り入れたり、そこで知った運動器具を通販で購入して家でやってみたり。

体にも脳にも、ささやかな刺激となっている感じがする。具体的には、電車の中でただ立っているのにも、背中を締めることを意識する、バランスクッションという弾力のある座布団のようなものを買って、その上に乗ってみるなどだ。

私は最初気づかなかったのだが、お風呂のジャグジーでこんなことがあった。

細かいことだが、浴槽内にはジャグジーの水流の出口が四つあり、水流に体を当ててマッサージ効果を得たい人は、四つともふさがっている場合、離れたところに身を沈め、空くのを待つことになっているらしい。

私は気づかず、たまたま浴槽に足を踏み入れたとき、ジャグジーのひとつが空いたので、直接そこへ歩いていってしまった。ジャグジーに身を打たせ、しばらくしてから私の入った後に空いたジャグジーに、私より前から湯につかっていた人が移動してきたのを見て、「あの人たち、もしかして待っていたのかも」と察した。

微妙ではある。「しまった。でも、私知らなかったし、別にどこにもルールとして書いてあるわけでもないし」と黙っていることもできる。が、やっぱり極まりが悪い。

「すみません、私知らないで、すぐ来てしまいましたけど、みなさんお待ちになっていたんですね」

多少とってつけたようでも、隣でジャグジーに当たっている人にそう言ってしまったほうが、自分が楽になるのだ。

絶対にいけないことのわけでもないし、注意されるわけでもない。が、その種の不文律のようなものに気づいたら、「決まりではないし」と開き直るよりは、尊重するほうがその場に溶け込める。

そうなると後で、たとえばドライヤーが空いたとき、私が気づかずあさってのほうを向いて立って待っていたら、「ここ空いたわよ」と教えてくれるのである。

心地よく過ごすために、ひとりだからこそ、そうした声がけは惜しまないようにしたい。

自分の興味を優先して探す

俳句、フィギュア、ジムと趣味をいろいろ挙げたが、はじめるのにいちばんハードルが低いといえば、ジムだろう。ひとりで行動しても構わない点で。俳句は元手のかからない点ではいちばんだ。が、仲間がいるほうが断然楽しい。仲間を見つけるまで少々時間がかかるけれど。

自分に合う句会はどうやって見つければいいか。

「歳時記」はそこでも役に立つ。「歳時記」は季語の辞典のようなものだが、それだけでなく、俳句作家（俳人という）との出会いの場ともなり得る。「歳時記」には例句が載っており、それは松尾芭蕉のような昔の人の句に限らず、同時代の人の句も多い。読むうちに、いいなと感じた句について「あ、また、この人が作った句だ」と思うことが出てくる。

俳句専門の雑誌（ＫＡＤＯＫＡＷＡの『俳句』が代表例）を買ってみる。「この人って、今、活動している俳人なのか」と知る。雑誌掲載のプロフィールや、雑誌に載っている広告で、その人が指導している句会についての情報を得る。私はそれで、その俳人の公開句会に行ってみた。

そこで経験をすると同時に、「先生の句が好きですが、他に指導されている句会はあるでしょうか？」などと周囲に聞いて、情報を得る。

好きな句の作家名をネットで調べると、カルチャーセンターで教えていたり、ネット句会をしていたりする。その人が中心の同人誌のようなものの会員になれば、会員向けの句会に出られるが、そうでなくてもお試しなり見学なりを認めている同人誌もある。そうなるとより参加しやすい。

まずは読んで「この人の句が好き」という人を見つけることだ。それが原動力となる。

「この人の句会に出てみたい」と周囲に言いふらす（表現はちょっと変だが）のも大きい。趣味は何でもそうかと思うが、アテもツテもなくても、言っているうちにきっかけをつかめることがあるものだ。

他に気になって、はじめてみたいと思うことは……リフォームだ。厳密には趣味ではないが、趣味的なところはたぶんにある。間取りや資材を考えるのが嫌いであれば、なかなかできない。

同じマンションの人に「リフォームに関心があって」と洩らしたら、「あ、私もすごくある！」との反応。

「珪藻土《けいそうど》って知ってる？　知り合いが壁をそれにしたの。湿気を調節するらしくて、私もいつかリフォームするならそれを塗ってみたいのよ」などと立ち話でおおいに盛り上がった。

情報収集プラス、リフォームについては実際にするとなったら必ずや近所に迷惑をかけるから、早いうちに言ってしまって環境作りをしておくことにもなりそうだ。

趣味には逆のはじめ方もある。自分がしたいからではなく、人がしているからということで参加してみた、といった行《ゆ》く立《た》てだ。

きっかけとしてはいいだろう。従来の自分の守備範囲になかったことへの挑戦で、殻《から》を破ることになるかもしれない。

が、おつき合いが主のままでは負担である。休みたいとき、誰々さんが行くと言っているから行かなければとか、自分はその趣味をやってみてやっぱり合わないと思ったけれど誰々さんの手前止めにくいとか、面倒な事態になりかねない。

なので、友だち先にありきでその人と同じ趣味をするよりも、好きなことがまずあって、そこで趣味を共通点とする友だちをつくるほうが後腐れがなさそうだ。

友人と同じ趣味を始めたいと思ったとき

親しい人がいて、その人と同じ趣味をしてみようかなと思う場合は、少し慎重さを要する。相手の性質というか、「この人は、常に行動を共にしなかったり、私が途中で止めたりしても、気を悪くしないタイプかどうか」を見極めないと。

上達に合わせて何級、何段といった序列がつくとか、入賞などの機会のあるものは、特にそうだろう。先にしていた友だちより後から始めた自分が、何かのはずみで良い評価を得てしまうということもないとは言い切れない。心理的に複雑になることも、考えないと。

もっともハードルの低いジムも、友だちが行っているからと同じところへ、というのは危険だ。

前に仕事でとても気の合う女性がいて、同じ沿線に住んでいた。その人の行っているジムがいいと聞いて、「私も行ってみようかな。どこのジム？」と聞いてみた。

「どこどこだけど、正直言うと、仕事の人とジムでいっしょにはあんまりなりたくない」

面と向かってそう言われた。その人も大人だから来てくれるなとは言えなかったのだろう。

「行くときは前もって知らせてね。私、そのときは行かないようにするから」

そこまで求める？　と一瞬、詰まった。

ジムを選ぶのって自由のはず。いつ行くかをわざわざ断らないといけないなんて。反発する気持ちも正直あったが、今思うと、そこまではっきり意思を表明されたのは、かえってよかった。

人には誰でも、「これは私は嫌」という部分がある。仕事で心を許していても、プライベートで歯を食いしばって運動しているところやジムの風呂で裸のところを見られるのは、その人は嫌だったのだ。

言われてしまえば、そのときは「えっ」と驚いても、それはその人の特徴あるいは個性として受け入れられる。嫌なことを嫌と言えず、なぜかわからぬまま関係が悪くなるよりはずっといい。

ひとり上手の基盤を作っていく上で、学びたいことだ。

第 5 章

憧れの「ひとり旅」も一歩から

最初は「一泊追加」から試してみる

ひとり旅は、ひとりの行動の中でも「上級編」と目される。外でひとりでお茶を飲むことにはじまり、ひとりでの食事、趣味と進んできて、よりいっそうハードルが高くなる。

ホームグラウンドというべき暮らし慣れた場を離れ、飲食から、どこをどう回ろうという計画、「予定のバスが来ないけれどどうしよう」といったハプニングへの対応まで、一切合切をひとりで行うわけだから。

憧れはあるけれど、なかなか踏み出せない。そうした雰囲気をひしひしと感じる。雑誌でインタビューを受けても、ひとり旅への関心は強い。

ひとり旅への第一歩として、提案したいのは「付け足し泊」。ゼロからプランを作るのは、最初はかなり荷が重い。

そこで誰かと旅行したとき、帰りはいっしょにせず、自分だけ一泊追加する。ひとりになった不安と同時に、解放感があるだろう。

ひとりならではの自由。それは人と旅行していた直後だからこそ、余計感じるに違いない。相手がどうかを慮《おもんぱか》らず、ほんとうに好きなところに行ける。なんと気が楽なことだろう！

私は友だちとの旅行はないが、仕事で複数の人たちと泊まりがけで出かけることはしばしばある。旅行ではなく出張と呼ぶべきか。

四国の松山に行ったときに、用事が終わってから自分だけ一泊追加した。ひとりだと、ほんとうに、何をしてもいいし、何もしなくてもいいのである。連れがいると「せっかく松山にいるのだから、松山城は行かないと、相手は松山に来た気がしないのでは」と忖度《そんたく》してしまうが、それがない。

結局自分が何をしたかといえば、松山のデパートでショッピング。

「わざわざ松山で買わなくたって、東京のほうがずっといろいろデパートがあるじゃない」

後で話した人には呆れられてしまったけれど、東京ではいくらデパートがあっても行く時間がまったくない。久しぶりにゆっくりとウインドーショッピングができた！　ふだんの生活では得難い時間だった。

旅行だからといって、定番の観光地をおさえないといけないわけではない。むろん張り切って観光地巡りをしてもいいが、買い物をしたい人は買い物にあててもいい。宿の部屋で単にゴロゴロするだけでもいい。好きな時間の使い方をできれば、旅行に来た意味はりっぱにあると思う。

そして、私が指摘されたように東京でもできるはずのことでも、旅行先ですると何らかの発見はあるものだ。

切符を買えばどこへでも行ける！

はじめてのひとり旅は、私の場合変わっていて、なんと国内をとばし、いきなり外国だったのだ。一九八六年、中国への留学である。

正確に言えば、留学そのものは日中友好協会手配のため、いわば団体旅行。住まいも寮であり、宿泊先から何から自分で、というわけではない。

その留学先の中国での国内旅行が、はじめてのひとり旅の経験だった。旅の仕方もわからないので、最初からひとりで出かけたわけではない。留学先は北京だが、同じ寮の日本人の女子留学生と三人でまず行った。

そのときは駅で切符を買うのも、宿のフロントで申し込むのも、慣れた人任せ。横で突っ立っているだけだったが、「ああ、切符ってこうやって買うのか」「宿ってこういうふうに言って泊まるのか」。では次、まねてやってみようと、北京から近くの町へ出かけて一泊した。

そのとき強く印象づけられたのが、

「このひとり旅の経験がない私でも、時刻表に従って切符を買えば、旅行ができるのだ！」

ということ。当たり前のことだが驚きだった。25歳であった。

町の名は北戴河《ほくたいが》。北京と同じ省にある海辺の町で、かつては政府の要人が保養のために別荘を持ったリゾート地であり、今も要人たちの会議が行われるという。日本でいえば以前サミットの開かれた伊勢志摩《いせしま》になぞらえられるか。

私の住んでいた北京は内陸で、海は見えない。行きやすくて、海が見られて、しかも要人の別荘地で今も会議があるとなれば、警備がなされ、比較的安全なのかなと思って行ってみた。観光地があるわけでもなく、ただ海を見て、一泊して帰ってきただけだが、とても新鮮な感じがした。

時期は一一月頃だったたか。北の方でしかも冬とあって、海の色も灰色で寒々として、それこそ伊勢志摩から思い描く青い海ではないのだが、海そのものが久しぶりだったせいもある。そして、自分には遠いものとなっていた海だが、

「電車に乗って来れば、海ってちゃんとあるんだな」

と、あるのは当たり前なのだけど、それがとても印象的だった。

外国であろうが時刻表に従い切符を買い、指定席券で決められた席に座れば、後は電車が自分を運んでくれるのだ。

それまでは修学旅行と家族旅行しか経験がなかったので、そのこと自体が発見だった。私の同世代だと、学生時代に国内外のひとり旅をする人もいたが、私はすることなしにきて、遅ればせながらのひとり旅初体験であった。

今ニュースなどで映る北京はもはや別の都市のようだが、三五年前のその街に住んだ体験は、私の人生において貴重な時間となっている。

国内のひとり旅のほうが後である。留学から戻って今の仕事をはじめて、京都へ行く機会があった。せっかくだから仕事の終わった後一泊しようと、

ガイドブックでみつけたレディースホテルに電話をかけて予約した。

女性だけというのは、はじめてのひとり旅には安心だ。レディースホテルでなくても、ホテルの中に女性専用フロアを設けているところもある。

京都でしたことは、ごくありがちな観光。貴船《きぶね》に行って、鞍馬《くらま》に行って、嵐山に行って。

ひとりだからそんなご馳走の店には入れなくて、ニシンそばですませて、帰りは鯖寿司を買って電車の中で食べる。パッとしたところのない旅だったが、それでもとても充実感があった。

ひとり旅ほど気楽なものはない

友だちとの旅行の経験は数少ない。30代の頃、女性数人でときどき集まり食事をしており、その流れで「今度、温泉へ行こうよ」となって一回行ったが、その後は定着しなかった。

ひとりのほうが気は楽だ。

仲のいい友だちとでも、それぞれの生活習慣がある。たとえば夜中にトイレへ行きやすいように間の襖《ふすま》は閉めない人、開けたら必ず閉めるよう子どもの頃から躾《しつ》けられている人。どちらに合わせるべきか迷う。

箱根で、芦ノ湖の遊覧船に私は乗らなくてもいいけど、他の人は乗りたそうかなとか、風のある日でロープウェイは怖いけど、せっかく来たからにはみんなは行きたいだろうなとか。

変に日本人的というか、自分が何をしたいかより、他の人は今ここで何をしたいだろう？　と考えてしまい、楽しくないわけではないが、意外とせわしく頭を働かせている。休息になっていないのだ。

実は景色もあまり見ていない。大涌谷《おおわくだに》に行っても景色を眺めるより、硫黄の臭いについてのありがちな冗談で笑っていたり。

それなりに気は遣い、おしゃべりのテンションを維持するのにエネルギーを使い、解散してひとりになると、ほっとした。

もともと仲はいいから、楽しくはあったけれど、旅行までしなくてもいいかなと。

盛り上がり方や、自分の疲れ方とかの点で、東京で会って食事して、二時間ぐらい話すのがちょうどいいくらいの気がした。そのうち食事の集まりも、メンバーの引っ越しなどのため自然消滅してしまった。

だが友人との旅行に否定的なわけではない。温泉旅行は30代でのことだが、もう少し年を重ねると、疲れずに楽しむことが上手になるのではと思う。

知り合いの年長の女性で、友だち三人で海外旅行をするという人がいる。お金と体調の許す限り、年にいっぺん行く習わしらしい。

そのときに絶対部屋を、二つとるそうだ。ツインの客室にエキストラベッドを入れれば三人いっしょに泊まれるが、そうはせず必ず二部屋とり、二人とひとりに分かれる。ひとりの部屋のほうを使う人は、「今日は私、明日はあなた」というふうに順番で交代する。三日に一回は、ひとりの部屋でのうのうと過ごせるわけだ。

聞いて、賢いなと思った。

水くさいとか、三人でひと部屋のほうが安上がりじゃないとか言わないで、ひとりになれる日を設ける。ずっと共にいては疲れることを、仲がいい悪いとか関係なく、「そういうもの」と認め合っている。

お財布は、いちいち割り勘にするのは煩《わずら》わしいから、共通のお財布というのを作って、最初に同じ額ずつ出し合い、お食事とかはもう頼む品の安い高い、お酒を飲む飲まないなどあってもいっしょくたにして、その財布から出す。一方で部屋については、ひとりの空間と時間の確保に心を用いている。

適切な距離を保った、賢い大人のグループ旅行だと思った。

もし今はもっぱらグループ旅行という人がいて、耳を傾けてくれそうなお仲間なら、ひとり部屋の日を設けてみるとか、自由行動の日を設けてみるといった提案を、思いきってしてみてはどうだろう。そうすると模擬ひとり旅ができる。自分がひとり旅に向いているかいないかを、グループ旅行の中で確かめられる。

「イヤ懐かしい？」思い出づくり

最近したひとり旅では、思い出深いことがあった。雑誌のエッセイにも書いてしまっているけれど、ひとり旅を語る上では落とせないエピソードなので、ここでも引くことにさせてほしい。

おにぎり事件だ。

ひとり旅での食事のセオリーどおり、ひとりでも入りやすい丼物のお店で、夕飯を早めにすませ、暗くなる前にホテルにチェックインするまではよかったが、夜におなかが空いてきた。

おにぎり一個さえあればと思うのに、フロントで教わったコンビニが遠い。明かりは見えているのだが、たぶん二十分は歩きそう。しかも途中が暗くて怖すぎる。でもコンビニのおにぎり、一〇〇円ちょっとの一個を買うために、タクシーで往復するのは痛すぎる。

ホテルの中の居酒屋のガラスケースのメニューにおにぎりがあったので、宿泊客だったらこのおにぎり、部屋に持ち帰ることはできないか？

のれんをかき分け、思い切って尋ねると、規則により持ち帰りはできないが、中で食べるならいいと。

テーブル席へ案内され、たったおにぎり一個の客に、お茶とおしぼりまで出して丁寧に遇してくれた。

東京での生活では入らない居酒屋に入り、おにぎり一個を食べた。そのことが、その旅でもっとも思い出に残っている。

ひとりで困った出来事であり、そのままだと惨めな夜、残念な旅として記憶されたかもしれない。コンビニに行きたいけど行けなかった、空きっ腹を抱えて寝た、誰かといっしょだったら暗い道でも歩いていけた、割り勘にするならタクシーも乗れたのに、ひとりはやっぱり不便、などなど。

ひとり旅に消極的になる思い出となったかもしれないけれど、結果としては逆であり、他にいいこともたくさんあったのに、おにぎりの件が妙に懐かしい。

旅行では、意外とそういうことのほうが後々まで覚えているものだ。

夜中に水もれが起き、フロントに言いにいったら警備員しかいなかったが、部屋を替えてもらったらどういうわけか貴賓室《きひん》だったとか。飛行機の時間に遅れそうになって保安検査場を特別に何人か抜きで通してもらい、空港の長い廊下を案内係の女性とともにダッシュしたとか。

知り合いはそういうことを「イヤ（嫌）懐かしい」と表現した。現に私と話していて、突然アイパッドで検索して「ほらほら、このホテル。わー、まだ出てくる。あのときだって設備はかなり古かったのに。この構えで貴賓室なんてあるんだから、誰が泊まるって想定？」などと、わざわざ画像まで示して語るのだ。「いやー、次にそっち方面行ったらほんとうにまだあるのか、確かめに行きたいわ」などと言う。

それが「嫌」だけに終わっていないのは、何かひとつは心温まるものが混じっているのだろう。警備員さんや、空港の例でいえば案内係が親身だったとか。

困ったとき助けられたら、出来事の印象をいいほうに転ずることができる。それには困っていることを思いきって相談することが不可欠だ。

むろん相談してもやっぱり事態は改善しなかった、ということはあるだろうけど、それはそれで「旅なんだから、こんなこともある」と割り切るほかない。

ひとり旅同士の思いがけない一期一会の会話

ひとり旅同士、会話がはずむことも、たまにある。

少ない経験のため、これもどこかで書いているかもしれないのを読者にお許し願いたいのだが、長野新幹線の中でのこと。

二人掛けの席に座っていると、隣の女性もひとり旅のようで、私がスマホを操作していたら、その人から「充電しますか?」と声をかけられた。

突然すぎて驚いたが、「スマホ、私と同じみたいだから」とその女性。

私は画像を送っていたので、残量が心もとなくなっており、その人の差し出す充電器をありがたく使わせていただくことにした。

「どちらまでですか?」と私。世間話をはじめるつもりではなく、充電器を借りている以上、その人が降りる前に返さないと、と思ったのだ。

長野までとのこと。「じゃあ私のほうが先ですね。上田で降ります」

そのあたりからだんだん向こうが、自分は上田に実家があって、夫の親の介護をしている間は全然行けなかったけど、介護が終わって、ようやく実家にも訪ねることができるようになった。今回もまず長野に行ってから、帰りに上田に寄るつもりだなどと話しはじめ、私も介護を終えて間もなくだったから、

「そうですよね。私も介護をしていた頃は、仕事であっても遠出はなかなかできませんでした」

と、ついつい話し込んでしまった。

介護の話は、親戚にもなかなかしないものである。たとえば排泄ケアをしているといった今のようすをあまり人に言うのは、親に悪い気がするし、私にとっては父だが、いとこには叔父で、彼らには彼らの昔から知っている「叔父さん」のイメージがあるはずで、それを壊すのはためらわれる。

仕事仲間にも言いづらく、友だちにも介護や病気の話は、なんとなく苦労

自慢ぽくなりそう。似たような状況の人なら言いやすいとは限らない。むしろ「私のほうがもっとたいへん」という反発心を起こさせるかもしれない、神経を逆撫《さかな》でしてしまうかもしれないと思うと、遠慮してしまうのだ。

列車の中で隣り合わせている間だけの、そのときぎりの関係。上田を過ぎたらもう会うこともない。そういう人だとかえってざっくばらんに話せる。

そんな意外な経験をした。

50代だからこそ味わえる旅の楽しみ

人には誰かに「話したい」という気持ちがあるのだと思う。

長野新幹線で会ったその人も、夫の親を長く介護していた。ようやく今、夫もおいて家を空け、ひとりでこうして出てこられるようになった、という安堵と解放感と責任を果たした充足感のようなものがあったときだったのだろう。

心の中に満ちているものは、いわば内側から押されている状態だから、機会があれば外へ出したい。そのタイミングで隣り合わせたのが私だった。身近な人には、さきに述べた理由で言いづらいものだけれど、何の関係もない、そのときさりの相手にならば打ち明けられる。

不思議な縁。そして、ひとりだからこその縁である。ひとりでなかったら、言葉を交わすことはなくて終わった。

似たようなことは、別の女性からも聞いている。私よりかなり年長で、そのときで60代半ばくらいだったか。

ひとり旅をした町で、やはりひとりでいる女性に道を聞かれた。

私も土地の人間ではないのだと言って、お互いひとり旅であることがわかり、行き方を尋ねられたお寺は自分も行こうと思っていたところだから、

「じゃあ、そこまでごいっしょしましょうか」

その人は若い頃に子どもを亡くしており、あまりにつらい出来事だったから、その子のことを語るのは夫婦間でも長らくタブーとなっていたけれど、そのときふっと話す気になった。子どもがいかにかわいかったか、遠足の前にどうこうとか、日頃できない思い出話をいろいろして、とても心が癒されたし、子どもの供養にもなった気がすると言っていた。

昔の自分だったらけっして人に話さなかったことも、ある程度の年になる

し、それを機に際限なく話しかけてくる人だったらどうしようと考え、「じゃあ写真を送ってしまいますね」と言おうと準備はしていたのだ。幸い節度のある人で、それには至らなかったけれど。

この台詞、旅先ではかなり使えるかもしれない。スマホでみんな写真をやりとりしている時代に無理がない。

「あ、ちょっと着信があったみたいなので」と言って、スマホを持って通路へいったん出てしまうとか。むろん、ほんとうでなくていい。スマホに限らず携帯でも可。これらの台詞は、列車に限らずお店でも有効だ。

小道具としては文庫本を一冊持つのもおすすめである。ひとりの食事のときの工夫と同じで、置いておくだけでいい。「私は読書をしたい人です」というサインになる。スマホないし携帯、文庫本は人に対する防波堤の役割もしてくれる。

がまんしてつき合う必要はまったくない。私も小心者で「人がどう思うか」を気にするタイプだった（今もかなりそうだ）が、思いきってしてしまえば、意外と何ということないものだ。

小道具の力を借りてでもいいから、意思表示はしよう。

座席をとる段階でできる工夫もある。ひとり旅がはじめての方は、ご存じないかもしれないので、私のしていることを書く。

新幹線の指定をとるとき、機械で切符を買うと、タッチパネルに表示される座席表から選べる。私が切符を買うのはＪＲ東日本の駅なので、東海道新幹線についてはできないが、同じＪＲの管内だとこの方法がとれる。

グリーン車でなく普通席だと、座席の並びは、三席と通路を挟んで二席。ひとり旅だとつい、二席の方の窓側をとりたくなるが、そうすると後から隣が埋まる可能性が高い。

私は三席の窓際にする。三席のまん中は好まれないから、最後のほうまで空いており、隣に人が来ないことがけっこう多いのだ。

自由席のときも同様で、二席の窓側と三席の窓側とがあれば、あえて三席むろんツアーだから、参加者同士で仲よくなることはあるそうだ。人づき合いが面倒でも、そこは旅先。見たばかりのものの感想を語り合いたいときもあろう。食事のときはうってつけ。

参加者同士メールアドレスを交換することもあると聞く。こういうツアーに参加するくらいだから、お互いにある程度人と距離を保ちたい者同士。アドレスを交換してもだいじょうぶだろうという安心感があり、よそではしないそんな行動も、むしろできてしまうのでは。

ひとり旅へのハードルを高く感じている人にはよさそう。プランニングから切符の購入から、ひとりでするのはたいへんすぎて踏み出せないという人に、その障壁を取り除いてくれる。

ツアーでいちど体験し、「あ、これはできそう」とか「完全にひとりのほうがより気楽かも」と思ったら、次はプランニングからひとりでしてもいい。

何から何までひとりでするのに疲れた人も、これからひとり旅をする人の最初のステップとしても、いろいろな利用ができそうだ。

「小京都」がおすすめ

ひとり旅の行き先としては、ある程度の観光地や、ある程度の都市が何かと便利だ。「ある程度」ってどの程度？　とはじめての人は思うかもしれない。

ひとつのめやすとして、「小京都」と名乗るところというのが挙げられる。女性の観光客を意識して、ランチセットが設けてあったり、ちょっと休める喫茶店があったり、土産物屋があったり。女性が旅行しやすいようになっている。街並みは総じてきれい。観光マップや案内所といった、情報提供態勢も整っている。案内所が無料の休憩所を兼ねていることもある。

「お仕着せ感がイヤ」という人がいるかもしれず、かつては今より尖《とん》がっていた私としては、その気持ちをわからなくもない。

した路地に間違って足を踏み入れないよう（踏み入れたからって、取って食われることはないだろうが）、夜は宿の中にいようと思った。

温泉地は宿も悩みどころだ。女性雑誌に載っている高級旅館は憧れではあるけれど、女性ひとりで必ずしも落ち着くとは限らない。もてなされることに慣れていないと、変にかしこまってしまう。いっそすごく家庭的な宿とか、旅館とホテルの中間みたいな宿とか。

家庭的な宿とは、民宿に近い旅館。そういう宿を営んでいる人は概して気がいいので、食事のときも間は持つけれど、食事の時間、お風呂の時間、いずれも宿の事情に合わせないといけないので、その点はきゅうくつだ。

旅館とホテルの中間とは、部屋食でなく、館内の食事処に行くか、あるいは外で済ませてきてもよく、浴衣で歩き回れるけれどドアはオートロックです、といったものだ。仲居さん（？）が布団を敷きに来ることはなく、ドアを閉めてしまえば、いつ何をしようとお構いなし。

「隠れ家旅館」よりも「街中のビジネスホテル」

宿の選び方についてもう少し書くと、街中のホテルは何かと楽ではある。

ある観光地に行ったとき、それは仕事の旅だったが、遊園地のある小高い丘のホテルがとってあり、窓からは海も見下ろせて、眺望のよさに感激した。

荷物だけ置き、街で仕事をして夕飯もすませ、みなでタクシーで戻ってくると、道は途中からまっ暗になり、闇の中に何やら光るものが点々と。

なんと野犬だ！　宿までの道にオオカミか？　と見まがう大きな野犬が何匹もうろうろしており、その眼がらんらんと光っている。タクシーのライトに照らし出されたその顔は、口から涎《よだれ》が垂れており、一行のひとりが、

「あれ、狂犬病の注射してあるかな」

こわい！　と思った。これがひとりで泊まっていて、タクシー代を節約し、

と遠慮しいしい聞く必要は、まったくない。検索条件を「1」とすれば、それですむ。温泉旅館も同様だ。

プランも多様である。部屋の写真、平米数、同じ部屋でも朝夕食付・朝食のみ・素泊まり、禁煙・喫煙、レディースプランで美顔器を兼ねた加湿器が用意されているなどいろいろあり、じっくり読んで検討できる。そのぶん時間はかかるけれど、選ぶ楽しみも旅のうちと思えば、私はそれほど苦ではない。

無理して夕食をお店で食べなくてもいい

ひとり旅の食事はホテルの外だと、そば屋、うどん屋が便利である。観光地ではランチのセット。何とか御膳とか、松花堂弁当のようなものだ。お仕着せ感はあるけれど、地元の名物が盛り込まれているし、出てくるのが早くもある。

旅先ではそれもだいじなポイントで、「いかにも観光客向けのセットは嫌だわ」と変なプライドから一品料理を頼むと、おそろしく時間がかかってしまうことがある。旅先でその時間のロスはもったいない。

ある程度の地方都市だと、ひとり上手への途上ですでに利用の仕方を身につけたドトール、スタバやおしゃれなパン屋のイートインのカフェがあるので、そこでサンドイッチと飲み物で手軽に済ませる方法もある。

ひとり時間に読みたい本、部屋でお茶を飲みたくなったときのためのティーバッグやドリップパック。備えつけのお茶は香りが抜けていることが多いが、かといってコーヒー一杯のために、部屋でくつろいでいたのを着替え直し、靴も履き、ティールームまで下りていくのは億劫《おっくう》だ。ましてやルームサービスなんて。費用もさることながら、ペースを乱されそう。

ひとりの時間を心地よく過ごすことを、旅の持ち物においても考えるようになっている。荷物が少し多くなってもいいので、お気に入りのものを鞄に詰める。慣れないことずくめの旅先では、身の回りになじみのものがあると落ち着く。明日の旅程を楽しむためにも、部屋ではそうしたものに囲まれ、緊張をいったん緩める。

着替えなどが増えるぶん化粧品類はごく少ない。が、私はそうしているだけで、「ふだんできないスペシャルケアを、この機会にぞんぶんに」という人は、美顔器やパックを持っていくのもいいだろう。

荷物は預けるものと携帯するものと、二つに分ける。車輪がついていて引っ張って運ぶキャリーバッグと、ショルダーとだ。

キャリーバッグは着いた駅のコインロッカーに入れるか、駅のコインロッカーがいっぱいのときは、駅ビルかまたは近くのデパートにコインロッカーがあれば、そこに入れる。その点でも何かとお助けなデパートだ。観光案内所で預かりサービスを行っていることもある。

ホテルが遠くなければ、先にホテルに行って置いてきてしまう。チェックインには早過ぎる時間でも、荷物は預けることができる。

それもやり方次第。たとえばチェックインが三時からと決まっているホテルでも、二時間前ぐらいに駅に着く電車で行くとする。荷物だけ預けるなら、あらかじめ連絡する必要はないけれど、前もって電話で「予定は二時少し前に着くので、荷物だけ置かせて下さい。お願いします」と知らせておく。

するとはいてみれば「お部屋もご用意できましたので」と早めに入れてくれることも。電話一本の効力はあなどれない。

宿泊予約はネットが断然便利だが、電話番号を控えておくと何かのときに力になってくれる。サイトに掲載されていない情報を得られることもある。

この前泊まった小松のホテルは、サイトに示されたチェックアウト時間は十一時。予約確認メールにもそう書いてあった。それだと飛行機の時間まで中途半端に余りそう。喫茶店をはしごして、飲まなくてもいいコーヒーでお腹をだぶつかせるよりも、部屋にいられるほうが快適だ。

延長するといくらくらいかかるのだろうと、前もって電話して、「チェックアウトが十一時と聞いていますが、有料でいいので部屋を使わせていただくとなると、どういう設定になっていますか?」と問い合わせると、「十二時までは無料でお使いいただけます」。助かった!

ネットですませるのが習慣になり、電話をすることがほんとうに少なくなっているけれど、話してみると融通を利かせてくれたり、期待していなかった解決策を示されたりすることもある。

思いきって電話してみる。それも、ひとり上手に旅する方法のひとつといえそうだ。

第 6 章

古い人づき合いにも「新しい発見」がある

互いの違いがだんだん気にならなくなる

繰り返しになるが、ひとりで上手に生きるには人とのつき合い方はとってもだいじ。

年を経てくると、新しいつき合い方ができるようになる気がする。いちど距離が空いた人と再び近くなることが、多くなった。

同級生と思いがけないところで再会をしたり、同級生の誰かから連絡が来てなんとなく連絡を取り合うことがはじまったり。

20代、30代は「同窓会をしましょう」というムードはなかった。あったとしても私は行かなかったように思う。

若いとき、特に女性は20代、30代は人との違いが気になるものだ。あの人は結婚した、あの人は子育てをしている、あの人はシングルで仕事もしているから自分と立場が似ていてつき合いやすいか、とか考える。

就職や結婚、出産といった人生の選択、進路が分かれていく年代では、自分と違う選択をした人、自分と違う方へ進んだ人とは、少し距離感ができるものである。

が、そういった違いが、年をとるとだんだん気にならなくなる。結婚して、自分とは違う人生を歩み出したなと思っていた人も、「老い」という自分と同じ経験をしている。離婚してシングルに戻っていることもある。

いったんは多様な方向、多様なライフスタイルに分かれた人たちが、そのときの小さな差異を超えたところで共感できる。

親を亡くした人もいる。ずいぶん遠くへ行ってしまったと感じていた人が、仕事でつまずいていることもある。通じ合う話が増えて、再び仲よくなれるのだ。

利害関係のない友人は貴重

なんといっても同級生は社会に出てからの人間関係と違って、何の利害関係もない。仕事で知り合った人は、何かをしてもらったら、厚意から出たことであってもいずれお返しをしなければとか、気持ちの上でもこれだけ世話になったからいざというとき役に立たねばとかと思う。

仕事上の取り引きのような目に見える利害関係でなくても、貸し借りに似た意識というか「今、どちらが多くを負っているか」といったバランスに、どこかで注意を払っている。

同級生はそういうことがない。それに教室で毎日顔を突き合わせ、授業のみならず文化祭、体育祭、修学旅行といった行事もともにしていたわけだから、性格のいい面も悪い面も、お互い知り尽くしている。今さらカッコつけてもしょうがない、素のままでいるしかない。それは後になってからはとても得難い人間関係だとわかる。

最近になってご縁が復活した女性のうち二人は、なんと中学時代、交換ノートまでしていたのだ！

交換ノート。少女な響きだ。私が中学から高校にかけては、とても流行っていて、常時三冊ぐらい回っていた。教室で毎日しゃべって、それ以上にどんな話題があったのだろうと、今となっては不思議。

再会のきっかけはいろいろだ。出身地を離れている私は、道でばったりということはなく、仕事上のことが多い。

私が仕事をいただいた部署に、偶然同級生がいた。もう少し積極的なところでは、ある人が講演会を企画しなければいけなくなり、「そういえばあの人、何かエッセイを書いていたな」と出版社を通して連絡してきてくれたり。学校を出ていったんは別の仕事についた人が転職で雑誌社に勤め、40代の女性のコメントが必要になったとき「あの人もそうか」と思い出して、電話番号を調べてかけてきたり。

そこから発展して、「今度連絡の取れる人の範囲内でミニ同窓会をするらしいから来てね」と。中学の近くの低山になんとハイキングをするという。

残念ながら台風接近につきハイキングは流れてしまったが、そのときのやりとりから別の人の連絡先もわかって、今度ミニじゃないほんとうの同窓会を企画しようという話になったらしい。

再会の輪は広がっていく。

他愛のない共通の思い出で笑い合える

誰だって思い出したくない若いときの自分があると思う。誰々君のことが好きだったけど失恋したのを、あの頃の同級生は知っている。親のことやきょうだいのことで悩みグチを言っていたのを、あの頃の友だちは聞いている。10代なんてカッコつけたい盛りだから、「文化祭とか体育祭とか、そんな青春ぽいことはやってられない。私はもっと深遠なことを考えているのよ」みたいに斜《しゃ》に構えたり、わざと憂鬱《ゆううつ》そうにふるまったり。

そういう自分がとてもとても恥ずかしい、嫌なヤツであった記憶があるので、同級生から遠ざかっていたけれど、思いきって近づいてみれば、何てことなかった。

私は自分のことを恥ずかしく思っていたけど、相手は相手でその人の恥ずかしいことを抱えていた。で、意を決してその話をされても「そんなことあったっけ？」と私。相手の気にしていることなんて、私はなーんにも覚えていないのだ。本人だけが引きずっている。意外とそんなものなのでは。

40代の後半から、そんな再会が続いた。会ってしまえばこんなに楽になれるのに、私は何を逃げ回っていたんだろう？　と言う。もちろん、いじめといった問題がからめば、事はもっと複雑だろう。そういう場合は背を向けたまま、縁を断ったままで、今の自分に集中したい。

若いときからつき合いがずっと続いている人はいない。一回は途切れている。私が引っ越しが多かったためもあるし、引っ越す際もつなぐ努力をしなかった。むしろ自分の連絡先がうやむやになるのをもっけの幸いとしていたところがある。

その態度が変わっていったのは、徐々にである。

大学時代の友人との再会のほうが早かったかもしれない。30代だった。

就職活動が私はうまくいかなかった。私からみればすごい会社に入って、はなばなしいキャリアを積んでいると思える女性がいた。けれども話してみれば、向こうは向こうで会社に属さずひとりでやっていてすごいな、と気後れするところがあったのだそうだ。意外！　全然わからなかった。

私はフリーでありシングルでもあり不安だったが、対照的に結婚し、性格的にも経済的にも頼りがいのあるパートナーを得たと思っていた人が、話してみると実は気苦労が多かったり。

定年まで勤められるとか、夫や子どもにも恵まれてとか、お金の心配をせずにすんでとかと、自分にはないものばかりが見えてしまっていたけど、それは人のほんの一面だけでしかない。実はいろいろ悩みを抱えているのだなと感じた。

大学時代の友だちに対して起きた変化は、若いとき大きく違うと感じていた差異が気にならなくなってきたことだが、中学、高校の人たちに抱いていたのは、青春の頃の自分への恥ずかしさだ。

が、さきに述べたように40代での偶然の再会から、それは自分の取り越し苦労というか、勝手に苦手意識を持っていたのがわかった。

そうして気持ちがほぐれると、今度は共通するもののほうがクローズアップされてくる。

共通といっても、ほんとうに他愛ないこと。たとえば高校だったら、「今は校舎を建て替えたらしいけど、昔は木造だったよね」とか「バス停の先にパン屋があったね」とか。

過ぎ去った時代を共有していて、「あの頃あれが流行ったよね」と言えばすぐ通じ合うだけでうれしい。価値観とか生き方みたいな本質的なものの共有でなく、「パン屋があったね」「あったあった。ショーケースにいっつも日が当たってて、焼きそばパンとか大丈夫だったのかな」くらいのことが面白くてたまらないのだ。

そんな話題で盛り上がれる相手は、なかなかいない。出身校が同じでも、学年が下の、建て替えた後の校舎しか知らない人とはイマイチ盛り上がれないのだから。

「あ、こんな他愛ないことで笑い合える人間関係ってあるんだな」

と思う。年をとってからの再発見である。

年をとり見た目の差もなくなって気楽

差異を乗り越えられるひとつに、これも私は大納得だったのでどこかに書いた気がするが、久田恵《ひさだめぐみ》さんのエッセイに、50を過ぎると女性の見た目は平等化するというのを読んで、もう膝《ひざ》を打つ思いであった。

確かに、美人だった人は美人だった人なりにエイジングする。かわいかった人はかわいかった人なりにエイジングする。昔のキャラクターを引きずりつつ、若い頃と比べればやっぱりたるみ、シワが寄っている。

私は平らな顔なので、彫《ほ》りの深い人が羨ましかった。鼻が低いので、鼻すじの通った顔に憧れた。が、凹んだ目、高い鼻という特徴を残しながらも、どの人も年相応。揃って目尻にシワを刻んで笑っていると、やっかみも何もなくなってしまう。

服装も見た目のうち。若いときは服装で自分を表現したい気持ちが強いから、服装の趣味の違う人には、距離感があるものだ。たとえばボーイッシュな服の好きな人は、レースだのリボンだのを着けている人はそれだけで「友だちになれない」と思うだろう。でも今は、自分と違うテイストの服の趣味で、しかもフリルならフリルでかなり過剰な人であっても、「あの人はあの路線で頑張っているんだな」とそれはそれで共感できる。

かつては人をちょっとしたことでラベリングしてしまうというか、カテゴリーに分けてしまうみたいなところがあった。

グループも、同じ傾向の人同士で固まった。高校時代の私でいえば、スポーツが不得意で、制服の着こなしがイケてない女子同士。今もいろいろあるだろう。服ひとつとってもパンツ派、スカート派。けれど、もうそうした小さいカテゴリーを超えて、エイジングというカテゴリーで括《くく》れば、共感する部分のほうが多いのだ。

続いていくゆるいつながりを大切に

実際の人づき合いは、学生時代からの友人よりは、仕事を介して知り合った人が多い。

私は割と距離を置いてつき合うほうかもしれない。仕事を離れて、待ち合わせて遊びに行くまでしたことはとても少ない。思い出しても数えるぐらい。誰さんと文楽に行ったなとか。

日ごろはもっぱらメール。常にやりとりするわけではない。たまたま似たようなことをしているときは、頻度が高まる。少し前なら、いい白髪染めを探している者同士とか。今だったらちょうど同じ時期にリフォームしている人がいて、その人とは毎日のようにメールを送り合っている。「業務以外の連絡」とかの件名をつけて。

40代のある時期、恋愛相談のようなメールを受けていたけどその後間遠《まどお》になっていた友人がいた。五年ぐらいしてなんとなく近況伺いのメールを送ったら、お互いに親の介護をしていることがわかったこともある。今は再び連絡を取り合っていない時期だ。

密なときと疎《そ》のときとがある。それが自然だと思う。

よく、ひとりで年をとっていくに向けて、今から友だちを作っておこう、みたいな話を聞くが、そんなに前もって「確保」するという発想にならなくてもいいのではないだろうか。年に一回でも、二年に一回でもいい。負担にならない程度に連絡をするくらいで。

年をとると、多くの人が似たような課題に直面する。小は白髪ケアから大は介護、あるいは病気、住まいのこと。

そして直面する時期は、それぞれだ。

連絡してみて、たまたま自分の課題と共通の課題を抱えている人がいれば、そのときは情報交換なり情報はなくても、「こんなことがあった」「うちもそうだ」と書いて読んで状況を分かち合うなりをすれば、充分に支えとなれる関係だ。

老後寂しくないように、助け合えるようにと「確保」を焦ると、余裕のないときでも「同じペースで連絡しないとまずいんじゃないか」みたいな、お互いにとってどこか無理のあるつき合いになってしまう。

頻度にばらつきがあっていい。

「ご無沙汰しています。どうしてますか」でいつでもまた始められるくらいの、ゆるやかなつながりであってこそ続けていける。

細くても深い関係もある

ゆるやかなつながりをたくさん持っているならば、心強くはあるだろう。が、現実の私はそのための努力を、正直、あまりしていない。たぶん今は気持ちとして忙しく、積極的になれないのだろう。今あるつながりを老後のために何が何でも継続しておかないと、とは思っておらず、オープンマインドでいれば、そのときそのときでおつき合いができるのかなと、まさしく「ゆるやか」に構えている。

一昨年までは、同世代の女性で四、五人で年に数回集まって食事をする仲間がいたけれど、声かけ役をしてくれていた女性が転勤で東京を離れてからは途切れている。でも、相手を嫌いになったとか気が合わなくなったとかいうわけではまったくないから、お互い集まりやすい状況になったら必ずまた再会するだろうし、そのときは以前と何ら変わらずに話ができるだろうという確信がある。

私にとってはそのくらいのつき合いほうのほうが、無理なく長続きしそう。回数こそ少ないが食事のときは、会うとけっこう深い話をしていた。みんな50代で親の介護をしていたり、介護がまだはじまっていない人でもいつかはするんだということが、胸のどこかに重くのしかかっていたりする時期。ある人は思春期の母親との関係とか、ある人は父親を若い頃に亡くしたときのこととか、そういった自分史あるいは家族の歴史みたいな話に、いっきになるときもある。

ゆるやかなつながりであっても、けっして浅いつき合いのわけではない。頻度や回数が少なくても、上辺だけでないつき合いはあり得るのだ。

会ってそうした深い話をした晩に、仲間のひとりから来たメールが印象的だった。今日した話はよそでほとんどしたことはない。社会でふつうにふるまっているときを建物でいえば地上に出ている部分とすれば、誰でも地下の部分がある。地下の部分に降りて通じ合うとき、人とつき合うよろこびを真に感じるし、逆に、地下の部分にまったくふれずに続いている人間関係は、楽しくても、足もとは何かむなしい風が吹いているような気がすると。

私はその集まりでも、地下の話をするほうではないけれど、その人の言うことはすごくわかるし、「この人はこんなことまで考えてあの場にいたんだな」と胸に迫った。もちろん大人同士だから、泣いたりすることもなく終始、節度をもって、ときに冗談まで交えつつ、和やかに話していたのだが。

その人のメールへの共感のメールがその晩は飛び交って、「ああ、このつながりはほんとうに一生ものだ」と改めて思った。

その人たちの多くは結婚しており、子供もいて、あるいは親と暮らしていて、ひとりの私とは状況は全く違う。でも、相手が何かの出来事を経験し、それは私の状況では追体験し得ぬものであったとしても、その出来事で相手の味わった思いには、耳を傾け、頷くことができるだろう。

はじめからそういう関係を作ろうとしてできたものではない。同級生とたまたま連絡が復活し、その人の仕事上のつき合いのある女性で何となく話が合うかなと思う人と「いっしょに食事をしてみない？」という話になった。最初は三人。で、この雰囲気なら「あの人にも声をかけてみようか」みたいに、三人が四人になり、四人が五人になった。

私のようにひとりで仕事をしていると、異業種交流会というものをよく聞く。おおぜいの集まるパーティに参加し、名刺を交わし、ふだん接する機会のない人と話して刺激を受け、人脈も広げる。

意義はあるだろうけれど、そうした場へ行ってみたいという欲求は、今の私にはない。

相手のすべてを知らなくてもいい

趣味のところで書いた俳句の仲間も、ゆるやかだが、だいじなつながりだ。月に二つの集まりに出ている。一つは五、六年になるか。もう一つは参加しはじめてまだ半年ほど。

どちらも趣味が同じという共通点でつながって、さきに述べたように、プライベートはほとんど知らない。

同世代の女性同士だが、結婚しているとか、子供がいるとか、どこに住んでいるとかも。月に一度の頻度で会っていて、そうしたことに触れずにすむのはめずらしいそう。触れないよう注意しているとか、遠慮があるとかいうわけでなく、趣味の話でいっぱいいっぱいなのだ。

俳句の集まりは喫茶店の会議室とか、公共の施設とか、それらがなければカラオケルームとかで行う。そういうところは時間貸しだ。三時間なら三時間という限られた中で俳句を作り、提出し、好きなのを選び合い、「どうしてこの句を選びましたか？」などと合評をしていたら、あっという間。

最後のほうはいつも「ああ、このお部屋は何時までだから急いで。ひとり五百円ずつね。机と椅子は元に戻して。ごみは持ち帰りよ」などと慌ただしく撤収《てっしゅう》。終わると、それぞれの家のことや仕事で忙しいので、用意できた人から出ていき駅に向かう。電車の中で時間つぶしのようなおしゃべりをすることもなく、ほんとうに、パッと集まりパッと解散して帰る。

初めて参加したときは、その見事なくらいの潔《いさぎよ》さに感服した。

俳句をほんとうに好きな人が集まっているから、可能なのかもしれない。

好きが高じて、俳句の合宿まで私は行ってしまった。狭い部屋に相部屋で泊まるものだった。ずっとひとり暮らしでのうのうとしてきた私は、「相部屋は気を遣うかな。寝られないかも」と不安だったけれど、そんな逡巡《しゅんじゅん》のさしはさまるヒマはまったくなかった。

俳句の鍛錬が目的だから、夜遅くまで句会をし、「お風呂は一二時までとか言ってたから、交代で行きましょう」と追われるように入浴をして、歯を磨いたらもうバタンキュー。隣の布団の人が何をしていたか、全然知らない。

ひとりの私には相部屋は高いハードルだったが、趣味があると、意外と平気で乗り越えられるとわかった。

そこに集まる女性は、家を空けるのに、それぞれに苦労して来ているようだ。プライベートを訊ねることはしないけど、漏れ聞いたところでは、夫がいい顔をしないから、留守の間の料理を作り置きしアイロンまでかけてきたとか。頑張って出て来ているので、その時間にかける思いは強い。

句会でも合宿でも、席順などは遠慮をする。先生のいる合宿なら、先生に失礼があってはいけないとか、新参者の私が先生の近くに座るのは図々しいだろうとか。でも俳句を作るときや、好きな句を選ぶときは、そうした気の回し方はいっさい不要。していることそのものにのめり込める。

社会における他の人づき合いにはない良さだ。

きょうだいとの新しい関係

きょうだいとも、ずっと同じ距離感でつき合ってきたわけではない。

小さい頃よく遊んでいても、10代にもなると、きょうだいは音楽が好きだが私は絵だとか、興味の方向が分かれる。服や持ち物の好みも違ってくる。それぞれに部活や友達づき合いに忙しく、同じ家に住んでいても、口をきく機会が少なくなる。喧嘩しているわけでなくても、没交渉になるのだ。きょうだいとは、たいていそういうものだろう。

わが家もその例にもれず、やがて姉は結婚し、姉は子育てに私は仕事に忙しく、接点も日常的にはなかった。きょうだい同士より、親との間のほうが連絡をよく取るし、携帯電話のない時代はメールを送っておくことができなかったから、その頃の習慣の延長で、何か用事があれば親を介して言うようになっていた。

それが改まったのは、親の介護がはじまってからだ。直接に連絡を取り合うようになり、頻度が増し、内容も単なる連絡を超えたものになる。介護の状況は個別的だ。具体的なことはよそでは話さないし、話しても通じないとはじめから思っているので、この状況を分かち合える者はお互いのみ、といった共感にもとづくつながりが生まれる。

介護をきっかけに、きょうだいで喧嘩になる例も少なくない中、うまくいったのはなぜか、とよく聞かれる。

姉の他に兄もいて、ふたりの性格によるところが大きいが、その他の要因では、わが家の場合、分担が割と明確だったことが挙げられる。姉は平日の昼、兄は平日の夜、週末は私で交代制にした。介護のしやすい住まいを、私から提供し、その住まいのローンがあるので私が仕事を続けることは、きょうだい間の共通了解となり、その面での摩擦《まさつ》もなくてすんだ。

介護が終わってからもそれは続いていて、姉とは同じスポーツジムに通っている。時間帯が違うのでめったに会わないが、10代の頃だったら同じところに行くことからして居心地悪く思っただろう。

子供の頃の話も、しばしばするようになった。同級生と同じで、失われたあの時間を知っているのはもうお互い同士という気持ちがある。

特にきょうだいだと、子どものころ私がムーミンのぬいぐるみをよくかわいがっていたといった、何てことないことひとつとっても、そのことを知っている親はもういないという思いが伴う。過ぎ去った日々への懐かしさ、ノスタルジーが加わってよけいつき合いが戻るようだ。

親がいなくなると「結局、後に残るのはきょうだいなのだな」と気づかされる。きょうだいのいない人には申し訳ない気持ちだけれど。

姉と兄とは年に何度かのお寺参りの他、ときどき集まっている。介護を経て新しく結び直したきょうだいとのつながりもまた、私にとって一生ものだ。

第 7 章

これからが
人生を愉しむ時間《とき》

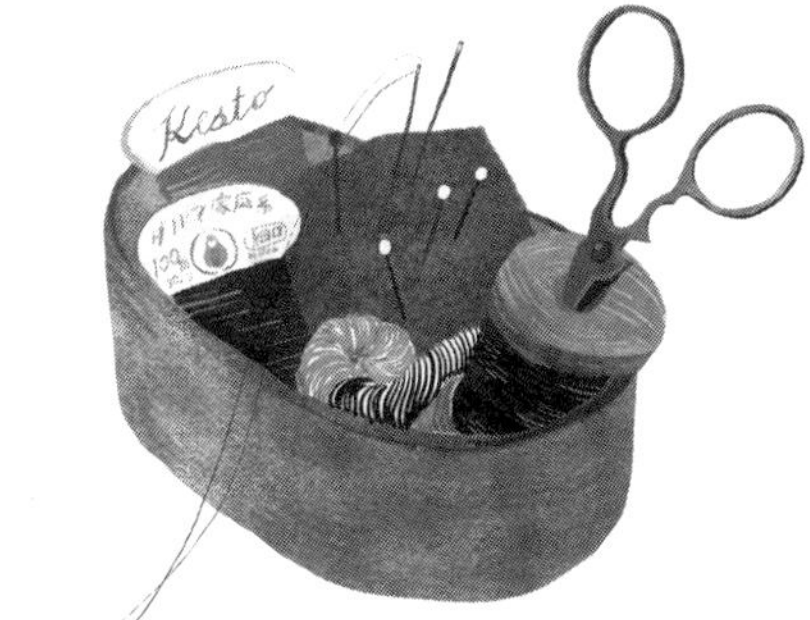

いつかやりたいことを、今やる

ひとりで過ごした経験の少ない人は、急にひとりになると何をしたらいいかわからずに、元気が出ないかもしれない。

でもずっとそのままではもったいない。今こそできることが必ずあるはず。今まで何かひとりでしたかったことは、なかったかどうか。その探し方のひとつとして、たとえば家族や友人と旅行をしていて「ほんとうは覗いてみたかったけど、同行の人が興味なさそうだから遠慮した」という場所を、いくつか思い出してみよう。

すると、傾向のようなものがきっとあるはず。パン屋が多いなとか、器のお店が多いなとか、美術館が気になるとか。

そこから「私は人一倍パンに興味があるのかも」と気づくと、おいしいパン屋巡りをしようという目標ができる。あるいは、私は器を心ゆくまで見たいのだとか、美術館で時間を気にせずに過ごしたいのだとか、隠れた願望と出合えそう。

趣味というほどはっきりした形ではまだなくても、将来趣味になり得ること。その元は、人といてがまんしてきたことの中にひそんでいる。

家族や友人とのシーンから思いつくことがなかったら、子どもの頃に好きだったこと。私で言えば、昔リリアン編みという遊びが流行った。掌《てのひら》におさまるほどのプラスチックの筒の先に、王冠のような出っ張りがいくつもあって、そこに糸を掛けては編んでいく。プラスチックの半透明のピンクも、人造絹糸のキッチュな色も今思うと懐かしい。何よりも、没頭できる。仕事・仕事・それ以外はジムの私だが、実はああした手芸も好きなのでは。

刺繡、塗り絵など、昔好きだったことを思い出せば、今からでもはじめられること、しかもかなりのめり込みそうなことが、いろいろある気がする。

人によってはロックが好きでいちど生演奏を聴いてみたかったんだ、という人もいるだろう。家族がいると「その年でロックコンサート？」とか言われかねないけれど、ひとりの今ならチャンス。チケットを買いさえすれば、いつでも行ける。

私は基本、出不精なので手芸のほうだ。ミシンを買って何か縫いたい。袋物ならすぐできそうだし、服も簡単なものならば好きな布で作れる。それはずっとしてみたいなと思いつつまだしていない、いちばんの願望だ。

正反対の方向では、クロールをちゃんと習って、気持ちよく泳げるようになりたいという願望もある。ジムには行くのに、そのジムにプールもレッスンもあるのに、横目で見るだけでまだできていない。

グループで習うとかレッスンとかと言うと、「ひとり」のイメージと離れるかもしれないが、友だちと誘い合わせてではないから、含めて考えていいだろう。

最初から最後までひとりでなくても、きっかけはジムのレッスンなり、趣味の集まりなりに参加する。そこで得たことが、ひとりの時間を充実させる。

私にとっての俳句はそうで、句会以外の時間も、俳句のことをよく考えている。クロールも今はまだレッスンに参加していないが、そこで正しい泳ぎ方を身につけられたら、ひとりでいつでも好きなときにプールに行って、ゆったりと手足を動かしストレッチ兼リラックスできそうだ。

山ガールを主人公とする北村薫《きたむらかおる》さんの小説を読み、憧れた。ガールといってもそう若くはなく、人との出会いや別れをそれなりに経験した女性が、体を動かすことなんてしないタイプだったのに、今ではルート選び、装備からすべてひとりでして、山に挑む。

憧れは憧れとして、現実的にはさきに述べたようなとても身近なところから探している。

「ひとり」であることと、不安の原因は別

私も若くて元気満々なわけではないので、ひとりであることにめげるときもある。

店や乗り物で理不尽と感じる対応に出合うと、「この人、男性といっしょに来た客にも同じものの言い方をするだろうか」と考えてしまう。

多様性の時代、すなわち性別や年齢、パートナーの有無といった生き方の違いで差をつけず、さまざまな個性を尊重する時代と言われても、弱い者には強く出るというか、ひとりで、女性で、加えて若くないことは、やはりそうした分《ぶ》の悪さはあるのではないか。小心なところのある私は、そんな思いをけっこう引きずってしまうのだ。

そんなときは原点に返って、自分の気持ちを整理する。この本の最初にも

書いたような、ひとりの何が嫌なのか、何が不安なのかを、初心に戻って考えるのだ。

小さなシーンから大きなシーンまで、いろいろある。

小さなシーンでは、たとえばひとりで洋服を買いに行くのが億劫。何がいやなのか。試着して店員さんとのやりとりが、気後れするのか。

誰かいてくれたら「いまひとつな感じ」「そう、じゃ、もう少し探すことにする」などと話し合えて、店員さんのすすめるのに対しひとりで受け答えしなくてすむのに。

あるいはレストランに入るときが嫌？

そのように具体的に何が嫌なのかを考えて、一つひとつ消していく。

ひとりで食事をするのが嫌なら、食事しないですむ時間帯に行く。店員さんにすすめられることにひとりで受け答えするのが嫌ならば、店員さんが他のお客さんの接客で忙しそうなときに「試着室をお借りします」と言って、ささっとすませてしまうとか。解決の方法はあると思うのだ。

もっと大きいシーンでは、ひとりで暮らしていくことが不安。漠然とした不安だけれど、ではその中身は何なのか。それってほんとうに、ひとりであることに由来するのか。

病気をしないかどうか不安。たしかにそれは私も不安。でも、家族がいたって病気はする。家族がいても、家族が留守のときに具合が悪くなることはある。ひとりだから病気になるわけではない。

お金がなくなるのが心配。それも私はとても心配。だけど、家族がいてもお金はなくなるときはなくなる。ひとりだと、自分以外の誰かの理由でお金がなくなることはない。そしてひとりなら、自分の考えでやりくりできる。国民年金がひとりぶんいくらとわかっているなら、じゃあ服はがまんして、食べ物は多少贅沢しようとか。

たとえば配偶者と二人で、国民年金で額は決まっているのに、配偶者がバイクを趣味としており、お金もないのに新車を買ってきたとか、そういうほうがよほどストレスになりそう。

心配、不安はいろいろあるが、本当にひとりだから起きる出来事か？　一つひとつ考えてみる。また、むしろひとりだと軽減される不安もあるんじゃないか、困ったことが少ない面もあるんじゃないかな、という面からもとらえ直す。

そんな視点を持っていると、不安をひとりであることと結びつけての落ち込みも、長続きしないのだ。

孤独死はいや？

シビアな話になるが、孤独死がいちばん不安とよく言われる。死んでしまったら、孤独と感じる自分はもういないのだが、その前の、家の中で具合が悪くなり他の人が通報してくれれば助かったかもしれないのに、それがなくて死んでしまうことになるのが、ひとりだとありそうだし、あまりに残念なのである。

私もそれは不安だし残念だけど、孤独死を避けるために、今から急に家族をつくるわけにはいかない。なので解決策としては、「もう少し年をとったらセコムを導入するか」みたいな現実的な話になる。セコムは私企業だが、その他に「自治体の見守りシステムのようなものはないか調べるか」とか。それだとあんまりお金がかからないですむだろうし、とか。

そんなふうに具体的な話に落としていくと、不安はあっても、漠然としたままではなくなる。

不安の原因とひとりであることは、混同しやすい。けれども病気とか死ぬとかお金の問題などは、ひとりであるとないとにかかわらず、人が年をとっていくこと、あるいは生きていくことそのものにまつわる不安で、そこにあえて、ひとりであることを関係づけなくていい。誰だって生きている限り同じような不安を抱えている。そう思うと少しは心が軽くなる。

寂しさについては、突然話が深くなるが、生き物は根源的に寂しいのである。ひとりで生まれて、ひとりで死んでいくものだから。来たところも、行き先もわからないわけだから。

家族といても根源的寂しさはなくならないし、なくせるものと思い込んでしまっていると、「この人といれば（きっと）寂しくなくなる（はず）」という人を求めて迷走してしまうだろう。

お店とかで感じる寂しさは、言ってしまえば自意識過剰。

「ひとりで寂しい人と思われていないか？」と感じるときには、「ひとりは寂しいことと思っている自分がいないか？」と問いを立て直すと、「自分がそう思っているだけかも」と気づける。

ありがちな「敵は自分」というヤツである。ひとりでいることを妨げる敵は外にいるのではなく、自分の先入観とか過剰な意識であることがほとんどだ。

はじめのほうに書いたことを、自分への確認のためにいまいちど記したい。

喫茶店にいたとき、隣にどんな人がいたか思い出せるか？　その人が扉を開けて入ってきて席に着き、注文し、飲み物が運ばれてくるようすを逐一観察していただろうか。

人はそれほど他人のことを気にしていない。

特定の人に依存しない

今の私に「困ったときは、この人が何をおいても必ず助けに来てくれる」という特定の人はいない。

もちろん人に助けられた経験はいくつもある。が、常に同じ人を頼るとは限らない。

家の鍵はオートロックで、鍵を持たずに出てしまい入れなくなるというミスを、恥ずかしながら私は数回している。あるときは、同じマンションの人が鍵の業者に連絡をとってくれて、業者を待つ間家へ上げてお茶とお菓子までご馳走してくれた。

次に同じミスをして入れなくなったとき、その人がたまたま通りかかったが、私は自分の状況を言うことはしなかった。そのときはマンションの清掃員さんを介して業者ともう連絡はとれていた。下手に状況を話して「でしたらまた家に上がってお待ちになったら」みたいなことにならないほうがいいなと、困っている素振りはみせず、ふつうに「こんにちは」だけにした。

でも、実際に頼らなくても、「何かあったらあの人にお願いしよう」と思える人がいるといないのとでは、気持ちの上でこんなにも違うものかと思った。

長く住んでいる間にはいろいろあり、体調を崩して自分で電話して救急車に来てもらったことも。

救急車は頼んだこともありサイレンを鳴らさず着いたのだが、赤い光に気づいた近所の人が、わざわざ出てきてくれた。何か手伝えることがあったら連絡してと、携帯の番号を書いた紙を持って。そのときも実際に何かを頼むことはなかったし、これからもほとんどないだろうけど、そういう人がいるのといないのとでは全然違う。

親しい友人で誰かひとり、「この人なら何かあったとき絶対に助けてくれる」という人を持つという考え方もあるだろうが、私はそれは危険な気がする。相手の状況も変わり得る。助けが必要なとき、いないかもしれない。

絶対に、ではないかもしれないが、声をかけてみることのできる人が何人もいるというほうが私は心強く感じる。

さらには、困ったときに救いの手を差し伸べてくれる人がいた、という記憶だけでも支えになる。「世の中捨てたものじゃない」的な。楽観かもしれないが、人って「誰かの役に立ちたい」というところを、意外と持っているものなのだと思える。世界に対する信頼感というか。ひとりだけれど、ひとりでないのだ。

さらにさらに言えば、助けられた記憶は、感謝とともに自尊の感情を育ててくれる。気にかけてもらえた、私は気にかけてもらえる存在なのだ、という感情だ。

家族もなく、年をとって仕事や社会とのつながりが薄れていくと、「私なんていてもいなくても同じなんでは」という感情に、私もきっととらわれやすくなるだろう。そんな中、「私はどれほど価値のある人間かはわからなくても、顧《かえり》みてもらえた」という記憶は、生きていく縁《よすが》となりそうだ。ひとりの人には、自分は顧みられる存在であると感じられることは、とても大きい。

実際に何かしてもらう以前の、心理的なサポートである。

知らない自分、意外な自分を知るチャンス

若い頃は気取っていたというか突っ張っていたというか、お膳立てされたエンターテイメントには参加したがらなかった。

「さあ、ここで楽しみなさい」というのがありありに作られているもので、制作者の意図通りに楽しむのは、楽しみを与えて「もらう」的な感じがして、受け身のことに思えていたのだ。

けれども、フィギュアスケートのアイスショーに行ってみてよくわかった。お膳立てされた楽しみは、やはり楽しいのだ。楽しめるようにできている。制作者はそれを仕事にしているから、当然といえば当然だが。

フィギュアスケートの試合は選手は単独（ペアやアイスダンスという二人で組む競技もある）だが、ショーではグループで滑る部分もあり、試合には

ない迫力だ。音楽も照明も盛り上げるようにできており、そこへ観客の声援や拍手が重なるといわゆる「興奮のるつぼ」の状況になり、いっしょになって拍手をしている自分に気づいて、「私にもこういう面があるのか」と驚いた。カタルシスといえそうなものも、そのときの私にはたしかにあった。

私は、落ち着いているとか冷静とかとよく言われる。一定の調子を保てるほうだと自分でも思う。が、たとえば外国人のスケーターが手を振って退場していくときなど、手を振り返し、両手で振るときすらあったのだ。日本人選手ばかりに声援が偏ってはせっかく来てくれているのに申し訳ないというホスピタリティもあったが、それだけではない。やはり楽しかったのだ。

そういう自分に「コンサートとかいちども行ったことがありません、ミーハーなものは好きではありません、みたいに頑張っていた人が、いい歳してスケーターに手を振るのか！」と驚く。そしてそれがいやではない。

若いときはカッコつけて、「ミーハーな人間ではない」というセルフイメージを守りたいものだから、「自分はこういうものは好きではありません」と、ノーを言うことが多かった気がする。

今はセルフイメージをそんなに狭く限定せず、前述のとおり「私にもこういう面があるのか」くらいの広い心で（？）とらえられるようになった。

アイスショーに行ったら、プレゼントボックスというものがあった。入口に段ボール箱がありスケーターの名前が書かれていて、プレゼントを持ってきた人はそこへ入れると、渡してもらえるらしい。

自分は入れるほどのファンではないが、たまたまそばにいた女性がプレゼントをボックスに入れるところを、その人の携帯で写真に撮ってあげたことはある。とてもよろこんでいた。

人の楽しみを応援できたことが楽しい。若い頃はなかった楽しさだ。人の集まるところが苦手だったたし、集まるところへ行ったとしても自分のことでせいいっぱいで、人の楽しみの応援までする余裕がなかっただろう。

写真を撮ってよろこんでもらえて、自分もうれしかったとき、年をとってよかったなという気持ちになった。

「楽しいこと」を増やそう

自分が昔持っていた、これは楽しくないこと、これは楽しいことという仕分けがずいぶん変わり、楽しいことが増えてきた。

楽しくないと思い込んでいたのは、それは単なるカッコつけ。

楽しいより悩み深いほうが人間として複雑で奥行きがあるのではとか、いつも笑顔でいるよりも少々翳《かげ》りのあるくらいのほうが人間が深そうに見えるのではとか思っていたのだから、若い頃の自分はほんと浅はかだった。

考えると恥ずかしいので、若さとはそういうものだと、割り切ってしまうほかない。

「楽しいことがいっぱいです」なんて言ったらバカにされるのではと、前は思っていたけれど、今はそんなことを憚《はばか》らず堂々と言える。いろんな意味で自分に正直になった。

そうなると、ひとりがますます楽しくなる。自分にかけていた縛りをなくし、したいことが見つかると、ひとりであるとは、人を気にせずしたいことに集中できる環境に恵まれていることだとさえ思えてくる。

フィギュアスケートファンのブログは、新聞では知り得ない情報が載っているので、しばしば読むが、家族への遠慮があるのが感じられる。

チケットも高いし、観に行くには交通費や、場合によっては宿泊費もかかる。フィギュアスケートに熱中し、お金をたくさん使うこととか、家を空けることとか、そもそもそうしてブログを書くためパソコンに向かっていることそのものに、家族がいい顔をしないなど、苦労話はいっぱいあるのだ。

ひとりの「いい面」を見れば人生の質がまるで違う

父を介護していた頃の私は、自分がフィギュアスケートを見に行くことがあろうとは、夢にも思わなかった。行きたいけどがまんしていたわけではなく、見に行こうという発想すらなかった。

そもそもフィギュアスケートというものが視野に入ってきたのは、介護しているとき父が見ていたからである。父の家に行くとテレビで流れていて、「ああ、こういう選手がいるのか」と知るようになったが、氷の向こうに映る観覧席に自分が身を置くことなど、想像すらしなかった。

仕事以外の自分の時間は、家族のためにある。それが嫌だとか嫌でないとか感じる余地はなく、私にとってはそういうものであったのだ。

介護が終わって、大きな喪失感と引き替えに、ある程度自分で使える時間ができた。

「そうだ、スケートって、よく父の家のテレビでついていたけど、そういえばオリンピックのメダリストたちが来るショーが、近々東京であると聞いたな。東京なら、今の私には仕事のやりくりさえつけば行けるな」とふと気づき、でも、チケットなんてどうせないだろうと思いつつ、調べたら、なんと、あった！

直前だったのがかえってよかったのだろう。行けなくなった人が売るサイトに、定価で出ていた。後には利益目的の転売が多くなり、法外の値で取り引きされることが問題視されたが、そのときは、今だったらあり得ないけれど、定価だったのだ。「え、ほんと？」と半信半疑で買って、チケットに記されているその日、その時間に、その場所へ。

半信半疑とはチケットがあったことに対して以上に「私がこんなことをしていいの？　私でもできるの？」というとまどいというか、驚きというか、最初に旅したときの、「私でも切符を買いさえすれば、旅に行けるのだ」と同様で「チケットを買いさえすれば、フィギュアスケートを見に行けるのだ」と。

そんな展開は、父を見送った後だからこそだ。それまで目も心も向かなかったことが、ひとりになって、向くようになった。

若いときからコンサートやスポーツ観戦に行っていた人は、「そんな、驚くほどのこと？　当たり前でしょ」と思うかもしれない。いや、でも、若いとき行っていた人でも、リスタートというか、ある程度の年になったとき「あれがまた、自分にできる」あるいは「あれがまだ、自分にできる」といううよろこびはあるに違いない。

ひとりのいい面を見ていきたい。いい面を見ようと、悪い面を見ようと、どの道ひとりになるときはなるのだ。それでも人生は続いていく。ならばいい面を見なければ、人生がもったいないではないか。何も、ないものを見ようと言うのではない。いい面は、実際あるわけだから。

「ひとりになってからこそが人生本番、家族のいる時間は、それまでのがまんの時間」というのでも、もちろんない。

家族のいる時間も、いい面はたくさんある。そのときはたいへんさが先になり、なかなかいい面を見られずに、早くひとりになりたいと思ってしまうかもしれないが。

最後は、どの面を見られるかで、人生の質が変わってくるのだろう。私も年をとるにつれ、恨みっぽさがすでに現れてきているのを感じるが、このことを心しておかなければと思う。

最期まで自由に、おおらかに

たびたびお名前を出して恐縮だが、吉沢久子さんは私にはやはりひとつの理想であった。

私と違い、ずっと独身でいらしたのではなく、お連れ合いと共に暮らしていた年月があってからひとり暮らしになり、そこでひとりの楽しみ、ひとりのよさをどんどん発見してこられた。

年を重ねるにつれ、昔どおりにできないことは、もちろんたくさんあろうけど、周囲の助けを上手に得て暮らしておられた。

「得て」というのは、受け身でいて降ってわいたように授かるのではない。対価を支払い、あるいは、好意でしてもらえる人間関係を努力して築いてきて、ひとりの生活を気負いなく、自然体で、一〇〇歳を過ぎても続けていらした。

お宅におじゃまし、私の家にもいちどお越しいただき、お食事をしながら四方山《よもやま》話という交流の中で感じたのは、決めつけるということのほんとうにない方だと。

お料理ひとつとっても、吉沢さんご自身は実に手際とセンスよくおいしいものを作られる方。なのに、私が作った糠漬《ぬかづ》け、しかも切り方が悪くてつながっていた（！）大根でも、楽しそうに召し上がって下さった。「こうでなければ」ということがないのだ。

もちろん自分なりの味の好みもやり方もあろう。でも人には押しつけない。人を計る基準にしない。

あの柔軟性というか固定観念のなさは、状況がどんどん変わっていくひとり暮らしにおいて、状況を変化につれて受け入れて、楽しんでいくために必要な心の態度の基本だ。そして人の助けを上手に借りられる基本でもあると思う。その態度を、私は学んでいきたい。

決めつけは、自分を生きづらくしていきそうだ。

ひとりに即して言うならば、ひとりは恥ずかしいという自分の決めつけから脱することができずにいる限り、不自由さはつきまとうだろう。

自由には、人の助けを借りずに何でもできるというイメージもあるかもしれない。が、私はそれはあり得ないと思うし、年をとればますますそうなるだろう。助けを上手に借りながら、できる範囲で人のことも助けていける、それが自由に生きている人なのだろう。

家族がいない場合は、助けを借りるにも、常に同じ人というわけにはいかない。近所、介護や看護の職業の人など、多岐にわたる。いろいろな人と関わってこそ、さびしくない人生とも言えるのだ。

私はこの本を書いている途中で気づいた。吉沢さんを理想と言い、これほど何度もお名前を出しながら、その気持ちをちゃんとお伝えしていただろうかと。

私には小さい頃や若い頃、あれほどかわいがってもらった近所の人や親戚に、充分に感謝を伝えてこなかった後悔がある。

返信の負担をかけてかえって迷惑とか、突然改まるのは変とか、先方の平穏な日常をかえって乱すとか、便りのないのは無事な証拠と向こうもわかってくれているはずとか、それらしい理由はいくらでもつくが、ほんとうに、そうか？　単に面倒くさがりなだけではないか。私はもう小さくも若くもない。同じことを繰り返してはいけない。

女性は平均寿命までいければ86歳。その半分に満たないとき大病した私は、長生きしたい願いがとても強い。

願いどおりにいくならば、長いひとりの時間があることになる。それを少しでもよりよいものにしていきたい。そして、こんなことを照れずに、ありていに言葉にできるのは、年を重ねてきた今だからこそだとも思っている。

終　章

安全・安心な
暮らしは
自分で作ろう

困ったとき用セットを用意

ひとりでいて困ったときにどうするか。ひとりでも安心、安全に暮らしたいのは、大きなテーマだ。そのためにバリアフリーリフォームをするとか、警備会社のシステムを導入するとかも考えられるが、それにはお金と情報収集と決断力が要る。

もっと身近な、明日からでもできそうなことで、私が実際にしていることがある。たとえば具合が悪くなったとき用のセットを、枕元に置いている。経口補水液と、経口補水液のゼリー状のもの。水状のものを飲んで戻してしまうときは、ゼリー状のものを少量ずつの方が摂《と》りやすいそうだ。「OS《オーエス》－1《ワン》」という商品名でドラッグストアなどで売っている。

それから、休日、夜間に診療している近所の医療機関を書いた紙。で、それを見るための老眼鏡。これがないと紙があってもないのと同然なのだ。

携帯電話。さらにはタクシーの電話番号を書いたカードを、財布の中に入れている。休日、夜間に具合が悪くなってこの診療所に行きたいとき、歩いて行けなさそうだったら、少しお金はかかってしまうがタクシーを呼んで乗って行けるように。救急車をお願いする方法もあるが、できるだけ自分で行こうと思っている。

夏だと家の中でも熱中症になる。私も数年前、「これがそうか」という経験をした。朝起きて身支度を始めたら、めまいがひどく悪心《おしん》がする。もしかしたら脱水症状かと思い、水だけを飲むのはかえって危険と聞きかじっていたので、水を飲み、塩を舐め、リビングの冷房を「強」にし、寝室のドアを開けたまま、這々《ほうほう》の体《てい》でベッドへもどって寝ていた。二時間ぐらいでなんとか収まったが、その日はずっとふらふらしていた。

脱水症状については、夏の熱中症だけでなく、冬のノロウィルスをはじめとする感染性胃腸炎も危険である。私はそれも経験したが、気がつくのが遅かった。

なんとなく具合が悪く、何も飲みも食べもせずに寝ているうち、どんどん進行し、脱水症状を疑いスポーツ飲料を飲もうとしたそのときには、もう飲んでも戻して、入っていかなくなっていた。最終的にはタクシーを呼び、夜間救急の病院に行ったが、もっと早くから飲んでいればよかったと思った。ベッドサイドに経口補水液を置くようにしたきっかけだ。

起きているのがつらいとき、「寝ていれば治るかも」と思い、ベッドにただ寝ているだけになりがちだが、そういうときのために、夏だけでなく冬もいつも脱水症状への備えはしておいたほうがいい。

緊急持ち出し袋よりも出番は多いと思う。

ひとりだと具合が悪いとき、家族に病院に運んでもらうことができない。タクシーで行くか救急車か。脱水症状は、そうなる前になんとか改善できるかとこれを置いている。誰かが心配して「これ飲んだら?」と持ってきてくれることはない、ひとりだから。

危険を未然に防ぐ工夫

ひとり暮らしを安心、安全に暮らすには、家の中での危ないことを未然に防ぐ工夫も必要だ。

スリッパはつまずきやすいので履かず、代わりにソックスにしておく。つまずきやすいコードはできるだけ這わせない。通り道に物を置かない。防災面では、家具や冷蔵庫に転倒防止の突っ張り棒をつける。または転倒防止の粘着マットを電子レンジ、テレビなど大きな電化製品の下に貼っておく。

私はミネラルウォーターを料理に使うが、それはまた、いざというときの備蓄にもなる。一回に二〇本ずつ買っている。私は充分にできていないが、食糧を備えておくのも安心だ。

また寝室にはやや底の厚いスニーカーと懐中電灯を置いている。ガラスが割れても歩けるよう。懐中電灯は、夜間の災害で停電したときに備えて。何かのときに助けを呼べたらとホイッスルも置いてある。

そして、お風呂やトイレに入るとき扉を完全に閉めないことも工夫のひとつだ。ひとり暮らしでトイレに入って出られなくなった話も聞く。

ある人はトイレの前が廊下で、反対側の壁に立てかけてあったものが倒れてきて、トイレの前を塞《ふさ》いでしまった。トイレのドアは外に押し開けるタイプで開けられなくなり閉じ込められてしまった。大きな声を出し、換気扇から外に聞こえてようやく助かったそうだ。

ある人は、詳細は忘れてしまったが鍵が壊れたか何かで、やはりトイレのドアが開かなくなり数日間閉じ込められた。家のトイレだから携帯電話は持っていない、冬で寒い。トイレットペーパーを腿などにかけて、手洗い用の水を飲み、寒さと渇きを凌いだという。結局、入院中のお母さんが、「こんなに見舞いに来ないのはおかしい」と言い出し、助けをよこしたという。

別の人からは、お風呂に入っていて出ようとしたら、浴室のドアのノブが取れたという話も聞いた。おそろしい。

地震などの大きな災害がなくても身近に困ったことは起こり得るのだ。お風呂ではまさに携帯も持たず、衣服もつけていない状態。冬は寒く、夏は冷房もつけられず、どれほど過酷な状況に置かれるか。

トイレやお風呂のドアは習慣的に閉めるが、それにはリスクがあるし、ひとりだと何も閉める必要はないと思うと、見直していいのではないだろうか。

緊急避難用の持ち出し袋は、リュックサックに思いつくものを入れて、玄関に置くことは置いた。懐中電灯、軍手、雨具、アルミの断熱シート、公衆電話をかける小銭、マスク、筆記用具など。不完全だが、まったくないよりは安心だ。

ヘルメットは硬質プラスチックのものを東日本大震災後に買ったが、プラスチックは劣化するので、耐用年数に注意しなければならない。

備えは今の不安を減らすため

備えは、今の精神面に大きく役立つ。転倒防止も非常用持ち出し袋も、将来それで絶対だいじょうぶかどうかはわからない。ただ不安に思っているだけではなく、考えつく備えはしたことで、とりあえず今、不安で頭をいっぱいにしたまま過ごすことはなくなったという、現在の効果は感じている。

災害のことはけっこう考える質《たち》で、ベッドに向かって倒れてきそうな位置に家具は置かないし、収納でも上のほうに重いものは置かないようにしている。

近所との関係では、マンションで災害時の連絡網は作ってある。連絡網といっても携帯も固定電話も使えないかもしれず、どれほど役に立つかはわからないが、どの家に何人住んでおり、高齢者がいるとか、小さい子どもがいるとかいった情報を共有している。個人情報なので提供したくない人はしなくていいが、した人はみんな一覧表を持っている。提供を拒んだ人は少なかったと聞く。

マンション全体で災害時の簡易トイレを購入し、共有スペースに置いてあり、同時にそれだけでは足りないので個人でも備えるようにと管理組合の斡《あっ》旋《せん》があった。私もその機会に買い、ストックしている。

トイレなら避難所にある、避難所になる学校は家から近いし、と思う人もいるだろう。しかし聞けば避難所のトイレは収容人数に対してほんとうに数少なく、衛生環境もよくなく、トイレをがまんし体調を崩す人が多いそうだ。

簡易トイレの備えはおすすめしたいが、ひとりの人にいちばんすすめたいのは、物資でなくソフトというか。やはりご近所との人間関係を築いておくことだ。いざというとき助け合うのは近所である。

ひとりであると言いふらすのは防犯面でためらわれるだろうけど、近所の人と日頃からあいさつくらいはしておくと自然と察してもらえる。

管理人のいる住まいなら、管理人に対しても同様だ。「ここにこういう人間が住んでいます」と知っておいてもらえるようにしたい。

近所で誰かが困っていたら、手伝いを申し出る。たとえば鍵をなくして困っている人がいたら、「管理会社の連絡先はご存じですか?」とか「携帯をお使いになりますか?」くらいの少しでも助け合う関係になれていたら、非常時にもずいぶん違うだろう。

水だ食糧だと備蓄しておいても、たまたま途切れたとき、間が悪く震災に襲われることもあり得る。

ご近所さんは案外、頼りになる

最後にもう一度お伝えしたい。ひとり暮らしにとって災害時に限らず、ご近所は頼りである。実際に助けられたことが私はたくさんある。

腸の手術をしている私は、腸が細くなっている箇所がいくつかあって、通過障害を起こしやすい。ほんとうに詰まってしまうと、入院して鼻から管を入れて数日間絶食という処置が避けられない。

先程、救急車に乗り込む私に、近所の人が携帯電話の番号を書いた紙を渡して、何か手伝えることがあったら電話するよう言ってくれたというエピソードを書いた。近所であっても、携帯電話を教えることは、ふつうなら抵抗のあることかもしれない。それを躊躇《ちゅうちょ》なく教えてくれて感動した。

私も後日、お礼とともに自分の携帯をお教えした。お返しの気持ちに加えて、そうそうかけるものでもないと知ったからだ。誰だって忙しい。連絡先を教えてもらったからといって、用もないのに頻繁に電話していい関係になったと勘違いすることはない。

助けてもらったのは心強く、いつか自分が助ける側にもならなければ。それによっていっきに距離を縮められるのではないかなどと、変に用心しすぎずに、申し出ようと思った。

もちろん近所に、なんとなく不穏で関わりたくない人、携帯を教えるなんて嫌がらせされそうでこわいという人もいよう。無理して教えることはないし、そういう人とは、さりげなく距離を置けばいいのだ。

ごみ出しのときや日頃すれ違ったりしたときの印象で、大丈夫そうかどうかはだいたい感じ取れる。そのためにも、少なくとも一回はこちらから会釈してみるくらいの努力は大事だ。

それで無視されたり不快な態度をとられたりしても、貴重な判断材料が得られたと割り切って、引きずらないことである。

本書は2017年4月に海竜社より刊行された『ひとり上手』を文庫化にあたり加筆修正しました。

・本文デザイン：長坂勇司
・本文イラスト：タカヤユリエ
・校正：あかえんぴつ
・企画・編集：矢島祥子

岸本葉子（きしもと・ようこ）
1961年神奈川県鎌倉市生まれ。東京大学教養学部卒業。生命保険会社勤務後、中国留学を経て文筆活動へ。日々の暮らしかたや年齢の重ねかたなどのエッセイの執筆、新聞・雑誌や講演など精力的に活動し、同世代の女性を中心に支持を得ている。18年4月よりEテレ「NHK俳句」の司会を月1担当している。
主な著書『ちょっと早めの老い仕度』『俳句、はじめました』（角川文庫）、『50歳になるって、あんがい、楽しい。』『50代の暮らしって、こんなふう。』『50代ではじめる快適老後術』（だいわ文庫）、『50代、足していいもの、引いていいもの』（中央公論新社）、『ひとり老後、賢く楽しむ』（文響社）他多数。

岸本葉子公式サイト
https://kishimotoyoko.jp/

だいわ文庫

ひとり上手《じょうず》

著者 岸本葉子《きしもとようこ》

二〇二一年一二月一五日第一刷発行
二〇二二年二月五日第二刷発行

発行者 佐藤 靖
発行所 大和《だいわ》書房
東京都文京区関口一-三三-四 〒一一二-〇〇一四
電話 〇三-三二〇三-四五一一

フォーマットデザイン 鈴木成一デザイン室
本文印刷 信毎書籍印刷
カバー印刷 山一印刷
製本 小泉製本

ISBN978-4-479-30893-5
乱丁本・落丁本はお取り替えいたします。
https://www.daiwashobo.co.jp